L'amant de Singapour

Prologue

L'amour… *Beurk !* Très peu pour elle.

Seule la politesse avait convaincu Ivy Lam de se rendre à cette fête de fiançailles. Elle avait simplement sollicité les conseils de Kevin sur une évolution de carrière et, en retour, son ancien collègue lui avait envoyé une invitation en promettant qu'elle croiserait là du joli monde, des décideurs de premier plan…

Il s'agissait de faire bonne impression au moment de rencontrer des employeurs potentiels. Pas si facile de trouver la robe adaptée à ce barbecue décontracté, en journée, dans le quartier le plus huppé de Vancouver. Pour finir elle avait opté pour une petite robe plissée hors de prix, à fleurs rose poudré, longueur genou, assez rétro mais dont la taille cintrée et le décolleté arrondi mettaient en valeur sa modeste poitrine.

Tous ces efforts pour rien, au bout du compte. La plupart des femmes ici rivalisaient d'audace en dos nu, jupe bohème chic ou robe ajourée ultra-moulante, si bien qu'Ivy faisait tache, et tapisserie en même temps. Un vrai tour de force… Mais c'était toute l'histoire de sa vie, en réalité. Ni introvertie ni extravertie, elle évoluait dans un entre-deux qui la rendait trop discrète pour attirer l'attention, mais parfaite pour jouer les seconds rôles.

Kevin n'avait pas menti toutefois sur le statut social de ses invités. Dans la foule se mêlaient le fin du fin des promoteurs immobiliers, des *traders*, des investisseurs, et même un milliardaire en chair et en os.

Tsai Jun Li. Cet homme était… Bah ! Quelle importance, s'il lui avait valu un brusque accès de fièvre lorsqu'ils avaient été présentés ? Elle n'était pas venue en quête d'un partenaire. Cela ne lui avait donc fait ni chaud ni froid de voir ce spécimen, si superbe soit-il, se faire happer quelques instants plus tard par une blonde aux formes généreuses. Grand bien lui fasse ! Pas question de s'attarder sur un type qu'elle n'intéressait pas, visiblement. Une fois avait suffi.

Non, vraiment, à tous les niveaux il n'y avait rien ici pour elle. Nouer des contacts professionnels pendant une fête de fiançailles aurait été déplacé de toute façon, et les démonstrations d'amour exubérantes de Kevin envers Carla lui rappelaient trop son propre échec spectaculaire en matière de vie de couple. Trente minutes après son arrivée, elle quitta discrètement le magnifique manoir de Point Grey.

Lorsqu'elle émergea sur le perron, le soleil d'avril la fit éternuer. *Allergique à l'amour*, faillit-elle répondre au joyeux « À vos amours ! » lancé par le voiturier.

— Je vais réserver un covoiturage, annonça-t-elle comme celui-ci proposait d'aller lui chercher sa voiture.

Elle s'accorda néanmoins un temps avant d'ouvrir l'application sur son téléphone. Elle n'était pas pressée de rentrer chez son père, dont la nouvelle compagne semblait elle aussi sincèrement très amoureuse et d'autant plus difficile à supporter. Tout en se réjouissant pour lui, Ivy s'en voulait tellement d'avoir cru un jour recevoir les mêmes attentions. Quel gâchis !

Fini les illusions, se répéta-t-elle avec détermination. Elle était en train de tourner la page. C'était même le but de ce retour à Vancouver.

Elle descendit les marches pour se réfugier dans l'ombre d'un prunier et ouvrit sa boîte de messagerie. Une proposition d'entretien inopinée, peut-être… ? Mais, non, rien de rien. Logique : toute la ville était dehors, en train de savourer ce samedi de printemps étonnamment chaud et ensoleillé pour la saison.

Elle sortit de l'ombre pour offrir son visage aux rayons du soleil, absorber sa chaleur, son éclat, sa puissance. Elle était de retour à la maison. Ce n'était pas un recommencement, c'était un renouveau, la naissance d'une nouvelle Ivy, meilleure que la précédente, moins candide surtout, capable de prendre ses propres décisions. Des décisions courageuses, dans son intérêt bien compris.

— C'est de la publicité mensongère, déclara une voix masculine.

Le voiturier étouffa une exclamation.

— La Pagani ?

Là-dessus, il rafla une clé sur son tableau et détala.

Ivy leva les yeux vers le perron et croisa le regard de Jun Li qui la dévisageait de là-haut tel un empereur jaugeant son territoire. Son souffle s'altéra.

Kevin lui avait présenté le trentenaire milliardaire chinois comme « son coloc du temps de l'université ». Une description bien pâle, au regard du prédateur qui glissait maintenant au bas des marches avec une souplesse féline.

Des cheveux de jais juste assez longs pour se donner un air canaille, des sourcils sévères, une barbe très fine encadrant une moue boudeuse, des pommettes hautes comme sculptées dans l'acier. Et cette peau mordorée, joliment mise en valeur par le vert citron du pull un peu lâche, mais très ajusté aux manches négligemment retroussées sur un chino gris pâle… La tenue décontractée soulignait l'air de rien sa silhouette athlétique. Jun Li dégageait une élégance folle, un vrai mannequin de magazine, sans paraître conscient de l'effet qu'il produisait.

Alors qu'il s'avançait vers elle, Ivy se demanda brusquement à quoi il ressemblerait sans ses vêtements, et son admiration se mua en une sensation plus viscérale. Un frisson d'excitation, pimenté d'un soupçon de danger.

Quelle meilleure preuve de l'insipidité de sa dernière liaison ? Jamais elle n'avait ressenti une convoitise aussi violente pour celui qu'elle avait voulu épouser.

Lorsque Jun Li se dressa enfin devant elle, sa gorge était en feu.

— La météo, précisa-t-il, un petit sourire au coin des lèvres, avant de désigner les jardinières débordant de pensées multicolores. Un flux polaire ravagera ces fleurs demain, à moins qu'un *Pineapple Express* venu de Hawaï ne les noie sous un déluge… Les touristes s'imaginent qu'il fait bon vivre ici. Entre nous, rien n'est plus faux.

Face à cette apparition, Ivy se faisait l'effet d'une ado pétrifiée devant son premier coup de cœur. Ou en l'occurrence d'une femme laissant un homme lui expliquer ce qu'elle savait déjà. Exactement ce qu'elle ne voulait pas, elle qui se rêvait sophistiquée, comme cette blonde tout à l'heure qui n'avait pas hésité à tenter sa chance auprès d'un type clairement au-dessus de ses moyens.

— Je sais, articula-t-elle. J'ai grandi ici.

Jun Li haussa les sourcils.

— Kevin ne vous a pas rencontrée à Hong Kong ? J'ai dû mal comprendre.

— Nous avons travaillé là-bas ensemble, c'est vrai.

Issu d'un milieu proche du sien, la classe moyenne des immigrés de deuxième génération, sino-canadien comme elle expatrié un temps à Hong Kong pour un coup de fouet salutaire à sa carrière de banquier, Kevin l'avait prise sous son aile durant l'année qu'elle avait passée dans son département. Un lien composé de taquineries constantes et de soutien indéfectible s'était tissé entre eux. Il était comme un frère pour elle.

— J'ai pris son poste après son départ, ajouta-t-elle.

Tant pis si elle avait l'air de se vanter, il fallait bien cela pour surmonter des années de manque d'estime de soi. Le choix stratégique suivant s'était révélé une aberration. Du moins l'avait-il obligée à constater à quel point elle se laissait exploiter, et à redresser la barre.

— Il y a six mois, j'ai accepté une mutation à Toronto, dit-elle encore. Me voilà de retour aujourd'hui à Vancouver où vit toujours mon père pour savourer la circulation fluide et un coût de la vie abordable. Le climat merveilleux n'est pas le seul argument de vente de cette ville, conclut Ivy avec un sourire facétieux.

Jun Li lui rendit son sourire. Le coup d'œil appréciateur qu'il lança à ses chaussures suggérait un intérêt tout masculin lorsqu'un ronronnement de moteur leur parvint.

— J'aurais juré qu'elle n'en avait aucun, dit-il, mais je reconnais volontiers mon erreur. Je vous emmène quelque part ?

À ces mots, le cœur d'Ivy fit une violente embardée. *Voilà*, songea-t-elle, flattée. *Voilà ce qu'on ressent quand on est célibataire*. Des sortes de flammèches coururent dans ses joues et tout son corps à mesure que les possibilités défilaient dans sa tête. L'impatience avant le grand saut…

À l'ultime seconde, les vieilles habitudes reprirent le dessus sans prévenir.

— J'habite Richmond, dit-elle. C'est un trop grand détour.

Allons ! Jun Li ne pouvait pas avoir envie de passer un moment de plus que nécessaire avec elle… Ce genre de méprise lui avait valu de se retrouver coincée dans une relation longue distance sans avenir pendant huit ans.

— Je cherche justement un prétexte pour rouler un peu, répliqua-t-il contre toute attente alors qu'un *roadster* bleu cobalt décapoté stoppait devant lui.

C'était une voiture biplace avec un aileron, des flancs musclés aux lignes racées et des enjoliveurs en étoile, une sorte de bec d'aigle sur le capot et un pare-brise découpé en angle aigu, aérodynamique. Les rétroviseurs pointaient comme des antennes. Face à une telle tentation, Ivy se mordilla la lèvre.

— Voilà un bolide taillé pour un duo de super-héros à la poursuite de super-méchants, commenta-t-elle.

— Alors je suis sans doute en partie responsable du taux de criminalité dans la zone. J'avais oublié que je possédais cette voiture. J'ai dû la faire régler avant de la conduire, mais maintenant que c'est fait, j'ai décidé de la faire rapatrier chez moi. Je ne suis quasiment jamais là. Allez-vous vraiment m'obliger à sauver la ville à moi tout seul ? dit Jun Li en ouvrant la portière passager.

Ivy retint un grognement en imaginant l'heureux possesseur d'un tel bijou d'une valeur d'un million ou deux oubliant jusqu'à son existence, puis se la faisant livrer à l'autre bout du monde comme un colis express. Cet homme vivait carrément sur une autre planète. Mais quand donc une occasion pareille se représenterait-elle ?

— Si la ville a besoin de nous..., murmura-t-elle en se laissant couler sur le siège très bas gainé de cuir blanc.

Elle plongea la main dans son sac en quête de ses lunettes de soleil, une monture papillon bon marché achetée en même temps que sa robe, tandis que Jun Li chaussait, lui, une paire enveloppante siglée qui lui donnait un air encore plus impénétrable.

Une fois le bolide lancé sur la route, Ivy se fit l'effet d'une aventurière chevauchant la moto d'un *bad boy*. Elle se sentait sexy et pleine d'assurance du seul fait d'être au côté de Jun Li sous le soleil dans cet engin diabolique. Ils dévalèrent la colline au fil d'avenues bordées d'arbres. En atteignant la route principale qui devait les mener plein sud, ils tombèrent sur une déviation.

— C'est un signe, dit Jun Li.

— Un avertissement peut-être ? Pour me prévenir des obstacles qui m'attendent pendant mon déménagement ?

— Ou peut-être que la vie nous offre là une chance à

saisir en cette journée si extraordinairement lumineuse. Que diriez-vous d'un long détour ?

D'un geste, Ivy lui signifia son accord, tout à sa stupeur de s'être retrouvée là, tout simplement.

Visiblement familier des lieux, son chauffeur emprunta des petites rues et, très vite, franchit le pont pour longer la baie des Anglais en direction du parc Stanley. Une fois franchi le pont Lion's Gate, il accéléra tout en souplesse, mettant le cap sur la Sea to Sky Highway, la musique poussée à fond.

La vitesse fit voleter la jupe d'Ivy. Ses cheveux lui fouettèrent les joues, son cœur se plaqua contre sa colonne vertébrale. Elle sourit aux anges, en proie à une sensation de liberté absolue, tandis qu'il se faufilait entre berlines et minivans en douceur et souplesse.

— Vous savez qu'ils confisqueront cette voiture si vous dépassez trop la limite de vitesse ? dit-elle sans réfléchir, au lieu de simplement savourer l'instant.

— Il faudrait d'abord qu'ils m'attrapent.

Il ralentit néanmoins après un bref coup d'œil au compteur, puis au premier panneau qu'ils dépassèrent.

— J'ai travaillé dans la gestion du risque, expliqua Ivy en manière d'excuse.

— Vous êtes toujours dans le secteur bancaire ?

— Oui.

Elle comprit qu'il lui posait la question parce que Kevin, de son côté, après avoir quitté la banque où il travaillait à Hong Kong, avait opté pour la gestion de patrimoine dans le secteur privé.

— Et vous ? demanda-t-elle.

— Le cœur de mon travail se compose de projets d'infrastructure à l'international. Nous avons de nombreux contrats en cours portant sur la nouvelle route de la Soie. Je préside aussi un conglomérat avec un portefeuille d'activités très diversifié. Mon père l'a lancé avec du matériel médical, que nous produisons encore à l'échelle mondiale. Ma tante, elle, possède une chaîne de fabrication de sacs à main qui se porte ridiculement bien…

— Toutes les femmes ont besoin d'un petit quelque chose à la mode pour transporter le portefeuille de leur mari.

— Je vous croyais célibataire ? Vous êtes arrivée seule à la fête…

— Je le suis depuis Noël dernier, de mon plein gré, dit Ivy du ton le plus détaché qu'elle put. Et vous ?

— Moi aussi, de mon plein gré, et c'est un choix de vie.

— Bien noté.

Voilà qui avait le mérite d'être franc. Cela faisait plus mal que cela n'aurait dû, pourtant. La rupture piquait encore. Elle n'avait pas besoin qu'un autre lui explique qu'elle n'était pas taillée pour l'amour-toujours.

Elle se concentra sur la saveur du moment présent. Ils étaient déjà à mi-chemin de Whistler.

— Jusqu'où allons-nous ? demanda Jun Li.

Jusqu'au bout, faillit répondre Ivy, le cœur battant. Et puis le courage lui manqua, et Jun Li s'engagea vers la première sortie possible. La route menait à une attraction touristique avec une télécabine et, tout au sommet, un restaurant.

— Je ne suis jamais allé là-haut, dit-il. Et vous ?

— Non plus.

— Serait-ce le jour J ?

— Quand donc en aurons-nous un autre ?

Quelques minutes plus tard, ils déambulaient ensemble le long d'un sentier offrant un panorama spectaculaire sur les montagnes et le bras de mer en contrebas.

— Publicité mensongère ou pas, dit Ivy en s'accoudant à la balustrade d'une plate-forme comme suspendue dans le vide, regardez comme la région est belle ! Cela vaut le coup de supporter les mauvais jours…

— Je préfère pour ma part éviter les mauvais et accueillir

les bons comme le cadeau qu'ils sont, dit Jun Li en se tournant vers elle.

Il avait envie de l'embrasser. Ivy le savait et était dans le même état. Elle releva les yeux et croisa son regard. Ils souriaient tous les deux.

Elle n'essaya pas de s'interroger sur le sens de tout cela. Cette journée était un présent inattendu pour l'un comme pour l'autre. Lorsque des lèvres fermes, douces et brûlantes à la fois, se posèrent sur sa bouche, son corps tout entier se chargea d'électricité.

C'était l'occasion rêvée de tourner la page, songea-t-elle encore dans un éclair de lucidité. S'accorder ce plaisir avec Jun Li promettait d'effacer de sa mémoire tous les souvenirs postérieurs à son premier baiser à l'école primaire. Exactement ce qu'il lui fallait.

La femme sérieuse en elle, celle qui rêvait encore d'amour, de mariage et de bébés, l'avertit que cet homme risquait de mettre la barre à un niveau qu'aucun autre après lui ne pourrait atteindre, et de la détruire sans même le faire exprès.

Au diable les prophètes de malheur ! Elle lui rendit son baiser. Ils s'embrassèrent à en perdre le souffle, pressés l'un contre l'autre, les bras verrouillés autour de leurs tailles respectives…

En se détachant d'elle, Jun Li se lécha les lèvres.

— Être utilisé pour soigner une déception amoureuse, ça vous dirait ? demanda Ivy sans réfléchir.

— Absolument, murmura-t-il d'une voix éraillée. Je repars demain matin.

— Moi aussi, dit Ivy.

— Alors, cueillons ensemble ce jour !

1.

Singapour, quatre mois plus tard

Exactement comme quatre mois plus tôt en avril, Ivy accepta une flûte de champagne tout en sachant qu'elle n'y toucherait pas, en dépit de la soif qui la tenaillait. Le but était de se donner une contenance dans cette fête où elle ne connaissait qu'une seule et unique personne.

Et encore, pour le moment sa proie n'était nulle part en vue, et elle se sentait encore moins à sa place dans cet hôtel cinq étoiles de Singapour que dans le manoir de Kevin, perdue dans une foule d'entrepreneurs aux revenus mirobolants triés sur le volet. Pour l'occasion, elle avait troqué sa petite robe rose contre un fourreau à manches courtes façon *qipao* d'un rouge sang fondant vers l'indigo au niveau de l'ourlet au genou. Qu'importe qu'il soit un peu trop serré à la taille, il lui avait toujours porté chance pendant les réceptions auxquelles son travail l'obligeait à assister et cela la rassurait un peu. Cette tenue lui avait semblé adaptée à un tel événement d'ordre professionnel. En fin de compte, elle se révélait trop sage pour une femme trophée et pas assez chic pour une décideuse de premier plan. D'une seconde à l'autre, un serveur allait lui tendre un plateau en lui demandant de l'apporter à la table numéro 5…

Ivy balaya d'un énième regard anxieux la pénombre du piano-bar, en pure perte. Comme si Jun Li était du genre à se fondre dans le décor !

Tout cela était horrible. Un vrai cauchemar. Elle se faisait l'effet d'une harceleuse, après ce périple interminable entamé dans le seul but de coincer un homme devant ses employés... Mais, le moyen de faire autrement ? Depuis qu'elle avait appris qu'elle était enceinte, trois semaines plus tôt, joindre Jun Li par les canaux habituels s'était révélé impossible. Il ne lui avait pas donné son numéro de portable, et ses paramètres de confidentialité sur les réseaux sociaux étaient verrouillés à double tour. Après s'être heurtée à une armée d'assistants qui tous l'avaient refoulée, jugeant à l'évidence qu'ils avaient affaire à une intrigante, elle était allée jusqu'à solliciter un chasseur de têtes en vue de décrocher un poste qui lui ouvrirait un entretien avec lui, mais cela n'avait rien donné et cette affaire devenait urgente. Pour elle comme pour lui.

Encore choquée, en plein déni, elle s'était persuadé que cette nouvelle ne deviendrait réalité qu'une fois partagée avec Jun Li. Ensuite seulement, elle l'annoncerait aux autres. En désespoir de cause, elle s'était résolue à contacter Kevin.

Après lui avoir envoyé un cadeau de mariage avec ses excuses pour ne pas assister à la noce imminente, elle avait évité son ami, préférant ne pas savoir si Jun Li lui avait parlé de leur aventure d'un soir. Elle n'en avait pas honte, mais c'était une histoire intime, un moment unique pour elle qui devait rester un souvenir spécial entre elle et Jun Li. Les taquineries sur ce sujet, non merci... Elle n'était pas du genre à raconter partout qu'elle avait séduit un milliardaire et surtout elle aurait été dévastée d'apprendre que Jun Li se vantait de son côté de l'avoir conquise.

Cependant, les autres pistes ayant abouti à une impasse, elle avait rassemblé son courage et invité Kevin à prendre un café, officiellement pour discuter d'un poste qui lui était proposé. Ils avaient commencé par aborder le sujet de son mariage, parfait pour dériver ensuite sur la véritable raison de cette invitation.

— Qui sera ton témoin ? avait-elle demandé, l'air de rien. Jun Li ?

Kevin avait reposé sa tasse pour lui lancer un regard aiguisé.

— Mon frère, avait-il répondu. Jun Li est coincé à Singapour pour son séminaire annuel de planification stratégique. Pourquoi, tu espérais le revoir ? Carla est persuadée qu'il s'est passé quelque chose entre vous. Vous avez quitté la fête très tôt, l'un et l'autre, le jour de nos fiançailles…

Ivy avait ravalé un hoquet.

— Mais bien sûr ! s'était-elle esclaffée haut et fort, en levant les yeux au ciel. Toutes les femmes lui tournaient autour, et c'est moi que le milliardaire chinois Tsai Jun Li a emballée ce jour-là, cinq minutes après m'avoir rencontrée… Laisse-moi rire.

Kevin l'avait-il seulement crue ? Elle n'avait pas eu le courage de le regarder en face après cela.

— Tu aurais pu faire pire. Tu as déjà fait pire, avait-il souligné au bout d'un moment d'un ton plein d'empathie, faisant allusion à ses misères avec Bryant.

Ivy avait vite changé de sujet, déviant vers son projet professionnel, et ainsi laissé passer l'occasion de demander à son ami comment Jun Li pourrait réagir à la nouvelle.

La réponse était limpide, en réalité - Jun Li n'y croirait pas une seconde. Voilà pourquoi le mieux était de la lui annoncer de vive voix.

Cette soirée de clôture du séminaire avait été facile à repérer, le planning complet de la semaine figurant sur le site Internet de l'entreprise. Il était même précisé que Jun Li remettrait en personne ce soir-là plusieurs trophées afin de récompenser les idées les plus innovantes ayant émergé des différentes sessions.

Ni une ni deux, Ivy avait repoussé de quelques jours son entrée en fonction dans son nouvel emploi à Vancouver, bouclé son déménagement et converti ses points en *miles* pour réserver un séjour à Singapour, où elle avait atterri la veille.

Ultimes vacances avant le grand plongeon dans la maternité, songea Ivy avec amertume, les yeux sur son champagne éventé. C'était toujours ça de gagné, car Jun Li ne se montrerait peut-être même pas ce soir, tout compte fait…

À cet instant, un murmure dans l'assemblée l'incita à se redresser. Elle l'aperçut enfin à travers la foule, et son souffle s'enraya sous l'effet du trac et de la joie mêlés. Le temps parut soudain s'arrêter.

Immobile, le maître des lieux balayait ses invités du regard. C'était toujours le plus bel homme qu'elle avait jamais vu, avec ce superpouvoir très particulier de paraître totalement inconscient de son impact. La lueur des fausses chandelles dorait sa peau du bronze des dieux grecs. Il portait une chemise rayée au col ouvert et un pantalon de costume à revers, une tenue d'une élégance décontractée absolument intouchable pour elle.

Comment cette grossesse avait-elle pu arriver ?

Très vite Ivy ne pensa plus qu'à ça, alors que ses sandales achetées en soldes lui pinçaient les orteils et qu'une femme, là-bas, s'approchait de lui en robe de cocktail bleu canard au décolleté profond, parée de bijoux voyants qu'Ivy identifia d'instinct comme authentiques.

Impossible de rivaliser sur ce plan. Terrifiée et surexcitée à la fois à la seule idée de se retrouver dans son orbite, le cœur tordu de jalousie et de nostalgie, elle le fixa, guettant l'instant où il remarquerait sa présence, refoulant une envie de s'éclipser en douce avant d'essuyer un rejet humiliant devant tous ces gens…

Le visage imperturbable de Jun Li pendant son échange avec l'inconnue aurait dû lui redonner courage mais après tout, il avait affiché ce même détachement avec elle durant l'après-midi et la soirée qu'ils avaient passés ensemble, alors que pendant tout ce temps il s'attachait à la séduire. Et s'il faisait pareil ce soir avec cette femme ? Peut-être même était-ce déjà une affaire en cours.

L'angoisse lui serra la gorge à cette pensée. Elle se sentit soudain comme prise au piège dans des barbelés. Car si Jun Li était en couple, il devait savoir…

Il n'y aurait jamais de bon moment pour l'approcher. Ni de moyen facile de dire ce qui devait être dit. Le chemin avait été long pour arriver jusqu'ici, il était temps de se porter à sa rencontre avant qu'il ne soit complètement entouré ou disparaisse en coulisses.

Au premier pas qu'elle fit vers lui, tout ceci lui sembla sordide. Non pas leur brève aventure - elle y avait consenti, même si le fait qu'il n'ait fait aucun effort pour la recontacter ensuite l'avait un peu peinée - mais le fait qu'elle doive se donner autant de mal pour se heurter à son incrédulité et son mépris. Elle était si concentrée sur sa mission qu'elle sursauta en sentant une main se poser sur son bras.

— Vous n'êtes pas sur la liste, lui dit un jeune homme avec un sourire navré.

Comme elle le fixait, hébétée, il répéta sa remarque en mandarin.

— Vous ne savez pas qui je suis, répliqua Ivy dans la même langue.

— Précisément. Je connais tous les visages, sauf le vôtre. Voulez-vous m'accompagner, s'il vous plaît ?

— Non, je…

Sans bouger d'un pouce, elle tourna les yeux vers Jun Li, toujours en pleine conversation avec son invitée.

— Évitons les esclandres, s'il vous plaît, reprit le jeune homme en resserrant les doigts sur son bras.

Ivy eut la sensation qu'on lui tenait la tête sous l'eau. D'un geste vif, elle libéra son bras.

— Allez lui dire que l'amie de Kevin Chow souhaite lui parler cinq minutes, ordonna-t-elle entre ses dents.

Le nom fit son petit effet. Son adversaire marqua un temps d'hésitation.

— Allez attendre près des ascenseurs, concéda-t-il enfin.

Ivy s'exécuta de mauvaise grâce et le suivit des yeux tandis qu'il allait murmurer à l'oreille de son patron.

Jun Li releva vivement la tête. Son regard fusant à travers la salle la frappa telle une flèche en plein cœur. Le murmure des conversations, la frappe des touches du piano s'assourdirent. Était-il heureux, ou consterné ? Elle n'aurait su le dire. Une giclée d'adrénaline l'électrisa jusqu'au bout des ongles, elle songea sérieusement à fuir sur-le-champ, tandis qu'une autre partie d'elle-même fondait sous ce regard.

Pourquoi toujours cette même réaction face à lui ? Elle était dix fois plus forte pourtant depuis qu'ils avaient partagé une nuit de passion. Sa main vola vers son ventre dans un réflexe protecteur, elle la retira aussitôt, craignant de se trahir. Déjà quelques têtes se tournaient, suivant la direction du regard de Jun Li.

Agitant la main à l'intention de son assistant pour signifier que l'affaire était sous contrôle, il se détacha enfin de son groupe pour se frayer souplement un chemin dans la foule, droit vers elle, le visage impénétrable.

À son approche, Ivy se surprit à trembler de tout son corps. Ce n'était pas le délicieux frisson provoqué par l'attention d'un homme de pouvoir séduisant. C'était la peur, la vraie, qui lui nouait l'estomac, parce qu'elle avait perçu l'agacement devant sa réapparition inopinée. Le personnage était plus intimidant encore que celui qu'elle avait rencontré à Vancouver - chose qu'elle n'aurait pas crue possible. Elle se sentait dans la ligne de mire d'un aigle. Nue et promise à un dépeçage en règle.

L'idée la traversa qu'elle s'était donné tout ce mal juste pour la joie folle de se trouver de nouveau en sa présence. C'était une erreur. Jun Li était sur le point de la foudroyer. Elle ne s'en remettrait jamais.

— Ivy.

Aucune chaleur dans sa voix. Pas d'hostilité non plus, ce qui était presque pire. Plutôt l'ennui d'être dérangé en plein travail et, pour le reste, une indifférence absolue à sa présence en ces lieux.

Ivy eut tout à coup le sentiment effarant qu'il ne l'aurait même pas reconnue sans le nom qu'elle avait donné à l'assistant. *Bienvenue dans la réalité*, songea-t-elle, le cœur gros. Dans un coin de sa tête, elle l'avait imaginé heureux de la revoir. Quelle idiote ! Elle n'avait pas conscience de planer à ce point. Dire qu'il était censé avoir soigné ses désirs amoureux mal placés et ciselé sa confiance en elle !

Bravant ces angoisses, les yeux brûlants et la gorge sèche comme le désert, Ivy se força à adopter la posture désinvolte si utile dans son travail lorsqu'elle avait de mauvaises nouvelles à annoncer.

— Navrée de t'avoir dérangé, dit-elle d'une voix égale. Il m'était difficile de te joindre sans révéler mes raisons. Il s'agit d'une affaire privée.

Jun Li fronça les sourcils, l'air sincèrement inquiet.

— Kevin ?

— Non.

Une expression de fatigue désabusée se peignit alors sur son visage.

— Si je t'ai donné une impression fausse lors de notre…

— Absolument pas. Cinq minutes, c'est tout ce que je te demande. J'ai une information à te communiquer. En tête à tête, ajouta-t-elle, sentant l'assistant se rapprocher dans son dos.

Jun Li la considéra d'un air sceptique. De son côté, elle l'observait si attentivement qu'elle capta une brève lueur dans ses yeux. Un souvenir ? Un désir ? La lueur disparut comme elle était venue, laissant après elle comme un cratère dans la terre écorchée.

Il sortit alors une carte de sa poche et se pencha vers elle. Déconcertée, secouée par l'énergie qu'il dégageait, Ivy recula d'un pas sans voir qu'il avait pressé le bouton d'appel près de sa hanche, et manqua basculer dans la cabine d'ascenseur dont les portes s'ouvraient derrière elle.

Il la saisit par le bras et l'entraîna dans l'ascenseur, secouant la tête pour signifier à l'assistant qu'il n'avait plus besoin de lui.

— Je te raccompagne au rez-de-chaussée. Comment es-tu montée jusqu'ici ? demanda-t-il tandis que les portes se refermaient.

En restant dans cet ascenseur jusqu'à en avoir des nausées, puis en me glissant dans les toilettes pour dames des heures avant l'arrivée des employées armées de leurs tablettes et de leurs pochettes cadeaux.

— C'est important ? répliqua-t-elle.

— Nous sommes dans mon hôtel. J'aimerais assez savoir comment ma sécurité a été court-circuitée, répondit Jun Li en approchant sa carte du panneau de contrôle.

Son hôtel. Bien sûr. Son amant d'une nuit n'était pas n'importe qui, c'était le patron d'un conglomérat chinois investissant dans le monde entier qui n'avait pas de temps à accorder à une maîtresse bas de gamme vite oubliée.

Ivy ignora sa question pour, enfin, aborder en tremblant le sujet qui l'avait amenée jusqu'à Singapour.

— Écoute, je sais que ma venue ici semble un peu radicale, mais…

Au lieu de descendre, la cabine se mit à monter sous ses pieds, la déséquilibrant une nouvelle fois.

— Tu te sens bien ? demanda Jun Li, le front plissé, en glissant la main sous son coude.

— Je croyais que tu m'emmenais au rez-de-chaussée ?

— Ce sera bientôt fait. Tu as parlé d'une affaire privée.

Les portes se rouvrirent quelques secondes plus tard.

Jun Li la précéda à travers un petit hall jusqu'à un appartement terrasse en duplex, d'un luxe qu'elle n'avait entraperçu que dans des reportages sur des célébrités fortunées. Un escalier en spirale tout en verre les mena jusqu'à un salon dont les baies vitrées laissaient voir les lumières de Singapour étincelant dans la nuit.

Éblouie par la vue époustouflante et l'opulence discrète des sofas de cuir blanc installés devant la cheminée séparant le salon d'une élégante salle à manger, Ivy promena un regard halluciné autour d'elle. Des sculptures. Des toiles d'art moderne accrochées aux murs. Un tapis décoratif qui semblait bel et bien tissé de soie. Des chandeliers de cristal…

— Un verre ? proposa Jun Li.

— Non merci, je ne peux pas.

Elle s'éclaircit la voix et puisa au plus profond d'elle pour ressusciter la femme expérimentée et indépendante campée face à lui ce fameux soir de printemps à Vancouver.

— Je ne suis pas ici en quête d'une prolongation de notre… association, dit-elle d'une voix tendue. Simplement, de mon point de vue, il fallait que tu saches que je suis enceinte.

Elle avait la peau moite de sueur. Son cœur battait si fort que l'immeuble entier devait vibrer en écho.

— Félicitations, répliqua-t-il, imperturbable.

— Cet enfant est le tien.

À ces mots, ses lèvres se fendirent en une moue de mépris. Il secoua la tête d'un air las comme pour dire : pourquoi me faire perdre mon temps ?

— J'ai rompu avec mon petit ami à Noël dernier, reprit-elle. Tu as été mon seul amant depuis. Est-ce que j'ai l'air enceinte de presque neuf mois ?

Elle ouvrit alors les bras pour exhiber son ventre à peine arrondi. Juillet touchait à sa fin. Dix-septième semaine. Tout juste semblait-elle avoir légèrement abusé du buffet.

— J'aurais du mal à dire si tu es enceinte ou non…

Le regard affûté de Jun Li la parcourait tel un pinceau

caressant la toile. En remontant vers ses yeux, il brillait de fièvre - une fièvre un peu désenchantée.

— Tu n'es pas la première à présenter ce genre de revendication, tu sais. À ceci près que les autres ne disposaient pas de l'information que je t'ai confiée ce soir-là…

— Ne me parle pas sur ce ton !

Un ton de mépris souverain, insupportable, comme si dans son désespoir elle avait franchi la ligne rouge en se présentant ici.

Son travail l'avait habituée aux rebuffades des puissants et aux situations gênantes. Seulement elle n'était pas là pour rappeler un client à l'ordre, ni au respect d'un règlement quelconque. L'affaire du jour était d'ordre strictement privé. Et quand bien même une telle réaction de la part de Jun Li était prévisible, cela faisait mal d'être soupçonnée de malhonnêteté. Si elle usait de pieux mensonges à l'occasion, Ivy était d'une sincérité absolue dès lors qu'il s'agissait de vie ou de mort, ou de conséquences fiscales.

— Je ne suis pas venue te réclamer de l'argent ni une alliance. Je te livre cette information parce que tu mérites de l'avoir. Je suis parfaitement capable d'élever ce bébé toute seule. C'est d'ailleurs mon intention.

— Parfait. Me voilà informé. Je vais te reconduire à ta chambre maintenant.

C'était du bluff, clairement. Une façon de tester sa détermination face à un rejet aussi cruel…

Il lui vint une envie de pleurer. Tout se passait conformément à ses prévisions - hormis ce pouvoir qu'il avait de la cisailler en quelques mots dénués de passion.

— Je ne loge pas ici, dit-elle avec tout le calme dont elle était encore capable, s'abstenant de souligner que cet hôtel était largement au-dessus de ses moyens.

— Je demanderai au portier de régler ton taxi, alors, dit-il, esquissant un mouvement vers l'escalier.

— Ce ne sera pas nécessaire, murmura Ivy.

Elle hésita. Il lui restait une question à poser, mais le courage lui manquait. Son taux d'adrénaline atteignait des sommets. La tête lui tournait. Depuis trois semaines elle ne pensait qu'à ça. *Je dois le lui dire. Il ne me croira pas, mais je dois lui dire…*

Jun Li haussa les sourcils avec une bonhomie trompeuse. Un muscle pulsait dans sa joue, visiblement il s'impatientait, entrevoyait déjà un test, par précaution, et lui en voulait de ce dérangement inutile dans son emploi du temps.

— Ces choses sont faciles à réfuter, Ivy. Même si tu vas trouver les médias, je serai vengé rapidement. Tu n'as rien à y gagner. Nous avons pris du bon temps, j'aimerais autant que ce souvenir demeure intact.

— Elles sont en effet très faciles à réfuter.

— Et c'est ce que tu veux ? demanda-t-il sèchement. Que je fasse un test de paternité parfaitement inutile ? J'ai subi une vasectomie !

— C'est ce que tu as prétendu.

Ce fut pour elle un plaisir, assez mesquin mais réconfortant, de laisser planer à son tour le doute. Elle afficha un petit air de mépris, ponctué d'un haussement de sourcil.

Il grogna tout bas. Une brève lueur d'indignation sur son visage avertit Ivy qu'il n'était pas sage de provoquer un homme aussi puissant. Frissonnant d'appréhension, elle baissa les yeux sur ses ongles dépourvus de vernis.

— Tout ce que je dis, c'est que tu devrais faire attention, lorsque tu as des rapports…

— Je fais attention, rétorqua Jun Li. J'utilise toujours un préservatif.

— Vraiment ?

Le premier s'était déchiré. La seconde fois, ils n'avaient pas pris la peine d'en sortir un. Jun Li jura tout bas.

— Tu voudrais me faire croire que la seule fois où je ne me suis pas protégé, ma vasectomie s'est spontanément inversée ? Et que j'ai fabriqué un bébé ?

— Crois ce qui te chante. Je te dis, moi, qu'il y a un bébé dans mon ventre et que toi seul as pu l'y mettre. Même si je ne doute pas une seconde que tu aies subi cette intervention censée t'empêcher de procréer.

Cette magnanimité lui coûta. En l'espace d'une nuit cet homme avait bouleversé sa vie de façon irrévocable après l'avoir assurée qu'elle ne risquait rien…

— Je ne suis pas là pour t'obliger à quoi que ce soit, ajouta-t-elle. Je me suis sentie en devoir de t'informer du risque que tu faisais courir à tes partenaires, voilà tout.

Jun Li ne cilla pas. Son regard d'aigle la sondait toujours comme en quête de ses motivations secrètes car, bien sûr, il était exclu qu'elle dise la vérité.

— Je veux aussi savoir…

Sa voix tremblait tant qu'elle se tut, le cœur dans la gorge. C'était trop dur. Ses mains froides et engourdies faillirent lâcher le sac qu'elle tenait sans même en avoir conscience.

— Pourquoi… Pourquoi as-tu recouru à cette intervention ? articula-t-elle enfin.

— Mon corps, mon choix, répliqua-t-il du tac au tac.

— Ce n'était pas à cause d'une anomalie congénitale ? Ou d'un souci médical quelconque pouvant affecter un bébé ?

— Non, murmura-t-il en se rembrunissant.

Ivy relâcha enfin le souffle qu'elle retenait en réalité depuis qu'elle avait appris qu'elle portait l'enfant d'un homme ayant subi par choix une opération lourde alors qu'il était jeune et apparemment en forme. Ses motivations ne regardaient que lui, mais… L'hypothèse d'un grave problème de santé l'avait longtemps empêchée de dormir, elle se demandait sans cesse ce qu'elle aurait à affronter avec son bébé…

Elle hocha la tête. Le soulagement était tel que ses genoux flageolaient. Rattrapée par la fatigue, elle flottait plus qu'elle ne tenait debout.

— D'accord, dit-elle d'une voix éteinte. Merci.

Mission accomplie.

Elle était vidée, au bord des larmes. Il était grand temps de partir. Elle allait retourner à son hôtel et mettre ce coup de faiblesse sur le compte des hormones, et non de ses choix de partenaire mal avisés. Encore un homme qui la faisait se sentir manipulée et sans valeur. Du moins aurait-elle fait ce qu'elle estimait juste…

— Bonne soirée, lança-t-elle en s'éloignant vers l'escalier.

Inutile d'espérer entendre Jun Li la rappeler. Il ne la croyait pas et la laisserait élever seule leur enfant. C'était exactement le résultat qu'elle attendait de cette démarche, et qui correspondait à ses aspirations profondes.

2.

Ce n'est pas possible. Pas possible !

Jun Li n'avait que ces mots en tête. Il s'était déjà trouvé une fois dans cette situation, et cela s'était révélé une fausse alerte. Par la suite il avait pris ses dispositions pour que ce ne soit plus jamais possible.

Néanmoins, la question d'Ivy sur les anomalies congénitales, son profond soulagement ensuite en entendant la réponse l'avaient glacé. Il ne savait absolument pas s'il était porteur d'un défaut génétique quelconque. Il s'était fait opérer pour s'assurer qu'il ne concevrait jamais d'enfant, en bonne santé ou non…

Le bruit de la porte d'entrée s'ouvrant à l'étage supérieur l'arracha à sa transe.

— Ivy !

Il se mordit la lèvre. Un homme dans sa position développait une carapace à toute épreuve et savait rester sur ses gardes pour se protéger des profiteurs en tous genres. Après une unique nuit d'intimité partagée, les allégations d'Ivy étaient extravagantes, à des années-lumière de ce que pouvait tolérer la logique.

Et pourtant. Un barbelé semblait fiché dans sa chair et le tirait comme s'il était attaché à elle. Il ne pouvait pas la laisser partir. Pas encore.

Surtout maintenant qu'il l'avait revue.

Quelle était donc cette réaction troublante qu'elle déclenchait en lui ? Deux semaines qu'il bataillait avec lui-même, depuis qu'il avait appris par son assistant qu'elle cherchait à le joindre. La tentation avait été forte. Très forte. Ils avaient passé quatre mois plus tôt une nuit incroyable, si intense qu'elle avait aboli toutes ses expériences précédentes. Seulement leurs aspirations divergeaient. Elle s'installait à Vancouver, il détestait cette ville. À quoi bon reprendre contact ?

Peut-être avait-il fait preuve d'arrogance en supposant qu'elle tentait de ranimer leur brève romance, mais quelle autre motivation pouvait-elle avoir ? Son dernier dépistage MST avait été négatif et l'idée d'une grossesse ne lui était même pas venue, puisque c'était impossible.

Le silence se prolongeant à l'étage au-dessus, il décrocha le téléphone fixe, prêt à demander au concierge de l'intercepter dans le hall, mais il entendit au même moment le cliquetis de la porte se refermant, et Ivy réapparut sur le palier du loft, très pâle, tête basse. Un frisson le traversa, comme le signal d'un danger imminent.

Ce n'est pas possible, se répéta-t-il, pourtant elle était là, sur la défensive, s'attendant à entendre que tout ceci était franchement ridicule. Jun Li ne put se résoudre à prononcer ces mots. Elle avait vraiment failli partir sans rien lui réclamer, un détail qui tournait en boucle dans sa tête.

Peut-être avait-elle simplement compris que c'était une cause perdue ?

— Je dois aller aux toilettes, murmura-t-elle.

— À l'étage, sur la droite.

Elle disparut. Cela lui laissa un répit pour réfléchir.

Il raccrocha le téléphone, enfouit les doigts dans ses cheveux et inspira à fond.

En temps normal il était d'une impassibilité à toute épreuve. Même l'apparition d'Ivy dans cet hôtel n'avait pas été une surprise si grande que cela, les femmes étant prêtes à tout et n'importe quoi pour le conquérir, quand bien même il ne s'amusait pas à donner de faux espoirs, loin de là. Il avait très clairement informé Ivy qu'il n'avait qu'une nuit à lui offrir.

Elle aurait pu rejeter son invitation à le rejoindre dans sa chambre. S'il adorait le sexe, jamais il ne faisait pression sur les femmes. Trop d'entre elles voulaient la seule chose qu'il ne leur donnerait jamais.

Il possédait une fortune indécente et savait les artifices propres à attirer celles qu'il jugeait séduisantes. Tsai Jun Li était un beau parti, les médias étaient unanimes sur ce point, mais il n'avait aucune envie de se faire coincer. Ses responsabilités étaient déjà suffisamment lourdes pour qu'il ne s'encombre pas d'une femme et d'enfants. Il faisait donc preuve de discernement en temps normal pour décider quand, où et avec qui nouer une liaison.

Ivy, c'était autre chose. Une parenthèse improvisée, quelques heures loin de sa prudence habituelle. Il se trouvait alors à contrecœur dans la ville de son adolescence, dont il n'avait gardé que des mauvais souvenirs, pour assister aux fiançailles d'une des rares personnes en qui il avait confiance, sachant par avance qu'il ne pourrait se rendre à son mariage. Il en avait profité pour gérer certains investissements et renouer des liens distendus. Comme lui, Ivy s'était éclipsée tôt de la fête. Elle était sortie la première, preuve qu'elle ne le cherchait pas. Elle avait même rosi de surprise et de plaisir à son apparition.

Ce n'était pas la femme la plus glamour qui soit, elle n'était pas non plus à la pointe de la tendance vestimentaire. Son visage n'était que fraîcheur. De taille moyenne et la silhouette fine, elle dégageait néanmoins une assurance assez piquante. Leurs échanges pétillants l'avaient revigoré…

Avant même qu'elle lui propose en souriant de l'aider à surmonter une rupture, lui qui ne se soustrayait jamais à ses obligations avait dégagé son agenda pour filer avec elle sur la route longeant la baie de Howe, le nez au vent, avec la plus grande insouciance. Une heure plus tard, ils se bécotaient dans une télécabine et la passion avait flambé, achevant de le dépouiller de sa vigilance coutumière.

Lorsqu'ils s'étaient séparés l'un de l'autre, le souffle court et les paupières lourdes, la tonalité de la journée avait changé. La sensualité qui couvait jusque-là imprégnait chaque mot, chaque regard. Au retour il avait posé la main sur son genou en conduisant et joué avec ses cheveux. Elle avait tracé des petits dessins sur le dos de sa main en lui décochant des regards embrumés d'impatience.

Il l'avait invitée à dîner au restaurant de son hôtel. Le trajet vers sa chambre ensuite avait paru naturel, presque inévitable. À ce stade, il l'avait prévenue qu'il partirait tôt le lendemain et ne reviendrait pas. Ivy lui avait confié vouloir tourner la page après une rupture difficile. Il avait fait son possible pour lui offrir une nuit inoubliable et, à la vérité, cette nuit-là avait aussi dépassé ses plus belles expériences personnelles. Il se la remémorait trop souvent et avec une précision trop fine à son goût. Il avait dû s'imposer une discipline de fer pour s'éclipser comme prévu au petit matin, l'image du corps nu d'Ivy imprimée dans ses rétines. La tentation avait été réelle de s'attarder. Chaque jour ensuite, il avait bataillé contre l'envie de revenir vers elle. De tourner le dos à sa famille, à ses devoirs, à ses contrats, pour s'immerger dans le plaisir qu'elle lui offrait.

Voilà pourquoi, précisément, il ne l'avait pas rappelée. Il ne pouvait se permettre ce genre de distractions.

À présent il se demandait carrément si cette nuit avec Ivy n'avait pas été une grossière erreur de jugement. S'était-il engagé avec une névrosée capable de traquer un amant d'un soir jusqu'à l'autre bout du monde pour lui présenter une accusation incohérente ?

Parce que si ce n'était pas le cas…

Sa poitrine se contracta. À choisir, il préférait encore avoir affaire à une détraquée.

Ah, vraiment ? Et qu'est-ce que cela disait de lui ? Il n'avait cessé de penser à elle et bataillait contre une résurgence du désir à présent qu'il l'avait revue.

« Est-ce que j'ai l'air enceinte de presque neuf mois ? »

Non. Il avait entraperçu des seins tendus sous la soie, une imperceptible rondeur sur le ventre, des hanches voluptueuses, des jambes interminables… Oh ! quel plaisir, ces jambes. Son corps se tendit au souvenir des cuisses chaudes et douces pressées contre ses hanches lorsqu'il…

Assez.

Des gouttes de sueur perlaient à ses tempes. Il froissa ses cheveux de plus belle. C'était exactement la réaction qu'elle recherchait, un élan charnel qui le déstabiliserait…

Ivy était-elle sournoise et opportuniste à ce point, vraiment ? Si tel était le cas, Kevin ne la lui aurait pas présentée. Donc… Elle avait fait tout ce chemin pour lui annoncer qu'elle était enceinte, en croyant sincèrement qu'il était le père.

— Ce n'est pas possible, dit-il tout haut.

Encore fallait-il le prouver. Marmonnant dans sa barbe, il appela son médecin personnel qui ne se montra guère rassurant.

— Les vasectomies échouent rarement, mais le corps humain a parfois d'étonnantes façons de se guérir seul.

Jun Li prit ses dispositions pour effectuer un test avant de raccrocher. Dans un accès de colère rarissime chez lui, il lâcha un juron sonore qui résonna dans tout l'appartement.

En entendant Jun Li jurer à l'étage au-dessous, Ivy plaqua les deux mains sur le marbre froid du lavabo et ferma les yeux.

Lorsqu'il l'avait rappelée, l'émotion l'avait submergée. Elle n'avait pas eu tout de suite la force de l'affronter de nouveau. Oppressée, assaillie de pensées contradictoires, elle tentait depuis de se ressaisir.

Du jour où elle avait découvert qu'elle était enceinte, elle n'avait pensé qu'à en informer Jun Li. Se ménager un tête-à-tête avec lui avait requis concentration et stratégie, c'était un véritable défi. Une façon aussi, peut-être, d'oublier un temps la dure réalité - elle portait l'enfant d'un quasi inconnu.

Cette réalité lui revenait en pleine figure maintenant. Sa

grossesse. Les doutes de Jun Li. La solitude à affronter après avoir caressé le plus doux des rêves, celui d'un Jun Li lui réservant un accueil chaleureux en déclarant que c'était ce qu'il voulait depuis toujours.

Quelle pauvre idiote elle faisait !

Et quand bien même elle pressentait qu'il n'accepterait pas la nouvelle sans difficulté, son scepticisme avait quelque chose de profondément humiliant.

— Ivy ? Tout va bien ?

Un grattement sur le battant fit battre son cœur un peu plus vite.

— Oui, oui. J'arrive dans une minute, dit-elle, les yeux sur son reflet dans le miroir.

Menteuse. Elle était blanche comme un linge, des sueurs froides sillonnaient sa peau, elle tremblait encore sous l'effet du contrecoup…

Elle se tamponna délicatement les yeux avec un linge humide pour effacer les traces de mascara, des larmes s'obstinant à pointer sous ses cils.

— Je t'attends là devant la porte, dit Jun Li.

Il tenait donc à la raccompagner vers la sortie, sans doute pour s'assurer qu'elle ne se faufilait pas de nouveau en douce parmi les invités de la fête…

Elle déglutit péniblement. Tout irait bien. À quoi bon se mettre dans tous ses états ? D'autres mères célibataires affrontaient des situations bien plus difficiles. Une fois rentrée à la maison, elle expliquerait tout à son père et remettrait de l'ordre dans sa vie.

Elle ouvrit la porte d'un geste décidé.

Jun Li releva la tête de son portable et fronça les sourcils. Il avait enfilé une veste de costume qui jetait des éclats argentés telle une armure lustrée.

— Le décalage horaire me rattrape, dit-elle pour justifier sa mine pitoyable, quand bien même elle avait beaucoup dormi et s'était réveillée à peine cinq heures plus tôt.

— Autoriseras-tu un prélèvement sanguin ? demanda-t-il tout à trac.

Ivy pinça les lèvres.

— Pour un test de paternité ?

— Oui. Mon médecin va s'en charger, annonça-t-il en ouvrant la porte. Il est en route vers son cabinet.

— À cette heure-ci ?

Elle avait un peu perdu la notion du temps, mais il devait être environ 21 heures…

— Ceci ne peut attendre, j'ai besoin de savoir, dit-il en la fixant, comme s'il lui offrait là une dernière chance de rectifier son histoire.

Comme elle hochait la tête, il se rembrunit un peu plus.

Ils prirent l'ascenseur en silence. Une voiture les attendait devant la porte à tambour de l'hôtel. L'air nocturne tropical glissa sur ses jambes nues comme de la soie fraîche avant que le calme de la berline de luxe ne l'enveloppe lorsqu'elle se glissa sur la banquette arrière près de lui.

— Jun Li, j'étais sérieuse en disant que je ne te demandais pas d'être un père.

Il l'interrompit d'un geste.

— Ne brûlons pas les étapes.

Le ton était si grave qu'elle serra ses mains engourdies sur son sac et laissa son esprit se vider. Des lumières dorées, bleues, rouges, défilèrent. La voiture stoppa peu après au pied d'un gratte-ciel. Un garde les escorta jusqu'aux ascenseurs. Dix étages plus haut, ils débouchèrent dans un hall plongé dans un silence de mort. Le médecin et une jeune femme en blouse blanche s'avancèrent à leur rencontre.

— Ah-Pei est notre technicienne de laboratoire, expliqua le médecin à Jun Li. Elle va vous indiquer la pièce dans laquelle vous préparerez votre échantillon.

Tandis que Jun Li suivait la jeune femme dans les couloirs, le médecin se tourna vers elle.

— Puis-je vous proposer du thé ?

— Pardon, je croyais que nous devions tous les deux… ?

Et brusquement elle comprit. Jun Li n'était pas parti fournir un échantillon de sang. Pas encore.

Ce n'était pas drôle, mais un fou rire nerveux menaça de jaillir du charivari d'émotions qu'elle s'efforçait de refouler.

— Du thé, dit-elle. Oui, avec plaisir. Merci.

Le médecin la guida vers un salon confortable pourvu du nécessaire pour diverses sortes de thés ou cafés. Ivy alla au plus simple et choisit un sachet qu'elle laissa tomber dans une tasse tandis qu'il lançait la bouilloire électrique.

Il se mit à évoquer des parents à Toronto, mais Ivy ne pensait qu'à Jun Li en train de se caresser pour jouir dans une autre pièce. Le membre dur et tout chaud contre sa paume, sous sa langue. La douceur avec laquelle il l'avait pénétrée, lui confiant combien c'était bon de la sentir aussi étroite. Cette façon d'attendre qu'elle se torde de désir entre ses bras avant d'accélérer le rythme pour qu'ils explosent à l'unisson…

Au fond du couloir elle entendit Ah-Pei dire quelque chose qui ressemblait à « merci ». Était-ce le genre de chose qui se disait dans ces circonstances ?

Jun Li réapparut nimbé d'une énergie qui la frappa avec la force d'un ouragan. L'unique regard qu'elle osa lui jeter capta une rougeur sur ses joues. Elle se hâta de baisser les yeux sur sa tasse de thé.

— Les résultats seront vite prêts, déclara le médecin. Je reviens dès que possible.

Après son départ, un silence pesant s'établit dans le salon.

— Il y a du thé, murmura Ivy alors même qu'elle tenait le sien juste pour se réchauffer les mains.

Sans un mot, Jun Li alla se poster devant la fenêtre, les mains au fond des poches, l'air si distant qu'elle se demanda s'il l'avait entendue.

— Je suis désolée si… Le moment était difficile…

— C'était facile. J'ai de l'entraînement, répliqua-t-il d'un ton dénué de toute trace d'humour.

Elle posa son thé et cueillit son visage entre ses mains chaudes dans un effort pour tenir tout cela à distance. Quoi qu'elle fasse, l'étau se resserrait.

— Je n'ai jamais voulu en arriver là…

— Moi non plus. De toute évidence.

Devant la rage contenue de Jun Li, Ivy se recroquevilla un peu plus sur elle-même. Elle s'était convaincue qu'elle n'éprouverait qu'un léger sentiment de satisfaction à l'idée d'avoir bien agi en lui annonçant la nouvelle, et non cette angoisse proche du haut-le-cœur, comme si elle lui avait porté un coup. Ni ce picotement désagréable face à un reproche immérité.

— Il en faudrait, des hasards, pour en arriver là. Tu m'excuseras d'être un peu incrédule…

— Pas autant que moi, rétorqua Ivy en se redressant. Tous les signes étaient là, mais je n'ai rien vu venir. J'ai cru que mon cycle était perturbé par mon déménagement et le stress des entretiens d'embauche. Et puis tu m'avais affirmé que ce n'était pas possible. Lorsque je suis enfin allée consulter, le médecin m'a regardée comme si j'étais complètement stupide de n'avoir rien soupçonné plus tôt.

— Tu comptes le garder, manifestement, dit-il d'un ton neutre.

— Oui.

Elle avait toujours voulu des enfants. Sa vision d'une famille incluait aussi un époux aimant, mais qu'à cela ne tienne. Il y avait même un certain soulagement à l'idée de ne pas devoir guetter l'apparition de l'homme idéal.

— As-tu pratiqué des examens ? demanda-t-il.

— La prise de sang classique et une échographie pour confirmer les dates. Tout est normal. Je bois peu et mon régime alimentaire est correct, le fait que j'ai mis si longtemps à en prendre conscience ne pose donc pas de problème.

Elle s'interrompit en entendant des pas approcher.

Le médecin réapparut, le visage fermé. Il se tourna vers

Jun Li qui hocha la tête pour lui signifier qu'il pouvait parler librement.

— Vous n'êtes pas stérile. Le sperme est présent et apparaît viable, j'en conclus que votre vasectomie a échoué. Il est donc possible que vous soyez responsable de cette grossesse.

Responsable. En effet. Un flot d'émotions déferla sur Jun Li, tout aussi violent que la première fois, des années plus tôt, à Vancouver.

— Nous poursuivons avec le test de paternité ?

La voix du médecin lui parvint à des milliers de kilomètres de distance. Il acquiesça. Son cœur battait la chamade, sa tête semblait détachée de lui. Il passa avec Ivy dans une autre pièce où la technicienne se chargea des prélèvements sanguins. C'est à peine s'il sentit la piqûre. Cette partie-là n'était qu'une formalité. S'il était apte à faire des bébés, le doute n'était plus permis. Il était bien le père de celui d'Ivy.

« Dois-je aller chercher un autre préservatif ?

— Pour quoi faire ? »

Un vent de fureur se levait en lui, alimenté par de vieilles trahisons et des souvenirs d'abandon. Jamais il n'avait voulu se retrouver encore une fois dans cette situation. Il avait même recouru aux grands moyens pour se l'épargner. La pression constante due à de lourdes responsabilités avait aussi pesé dans sa décision de ne pas procréer. Une décision qu'il n'avait jamais regrettée…

En dépit de tout, une grossesse était survenue. Son bébé, son héritier, était en route. À quoi bon pester contre le sort ? Mieux valait dépenser son énergie sur les réaménagements nécessaires à venir. Il allait falloir caser deux personnes de plus dans la vie déjà trépidante qu'il menait.

— Les résultats cette fois prendront un jour ou deux, prévint le médecin.

Jun Li s'assura de lui avoir laissé son numéro direct, puis il escorta Ivy jusqu'à la voiture.

— Dans quel hôtel es-tu descendue ? demanda-t-il en sortant son téléphone.

Il donna rapidement des instructions à son assistant pour que les bagages d'Ivy soient récupérés.

— Qu'est-ce que tu fais ? bredouilla-t-elle en bâillant. Je suis fatiguée, je veux aller me coucher.

— Je suis justement en train de t'épargner l'effort de boucler tes valises. Tu trouveras plus de confort chez moi.

— Mon hôtel me convient très bien. Une excursion est prévue demain aux aurores, de toute façon.

— Une excursion ?

— Oui. Autour du port. C'est un séjour tout compris.

Jun Li en resta coi. Ivy se renfrogna, sur la défensive.

— C'était l'option la moins coûteuse pour décrocher à la fois un vol et un hébergement ! Et aussi ma dernière chance de savourer des vacances avant le bébé.

— Tu penses sérieusement que je vais vous déposer, toi et mon futur enfant, dans un hôtel trois étoiles, et repartir comme si de rien n'était ?

— Je te garantis que l'hébergement actuel du bébé est de premier ordre, répliqua-t-elle, la main sur son ventre. Je suis prête à aller au lit. Si tu veux qu'on discute après réception des résultats du test, envoie-moi un texto.

Elle sortit son téléphone et le lui tendit pour qu'il enregistre son numéro. Jun Li s'en saisit et l'empocha.

— Hé !

— Je te crois, dit-il. Nous avons fait un enfant. Tu n'es pas venue à Singapour me faire croire que j'étais le père du bébé d'un autre.

— N'as-tu pas d'autres femmes à prévenir ? Je préférerais ne pas être dans les parages pour écouter ça.

— Tu veux vraiment que ma tête explose ? soupira Jun Li.

— Ah, parce que tu étais puceau, peut-être, cette nuit-là ?

— Cette nuit-là est la seule où je me suis passé de préservatif. Je ne couche pas avec des légions de femmes non plus.

Il s'était déjà livré à une rapide revue mentale. Parmi les quelques partenaires connues depuis son dernier test trois ans plus tôt, une était mariée avec un enfant dont l'âge ne correspondait pas, et les deux autres n'en avaient pas.

— Tu es la seule dont je doive me soucier, ajouta-t-il.

— Rien ne t'oblige à te soucier de moi, insista Ivy. Tu ne veux même pas d'enfants !

— Cela ne signifie pas que je ne veuille pas celui-là, rétorqua-t-il vivement. Toi et moi sommes inextricablement liés maintenant. Nous avons une vie à planifier.

Avec cet aveu une petite faille se creusa en lui. Si le devoir lui commandait de revendiquer des droits sur cet enfant, il voulait aussi leur bébé en un sens difficile à expliquer. Quelque chose en lui appelait Ivy et cette connexion improbable qui s'était forgée entre eux. C'était une sensation plus que perturbante. Et très déstabilisante. Une nuit déjà elle l'avait fait vaciller sur ses bases. Voilà qu'elle recommençait, d'une façon nettement moins agréable cette fois.

Le pire était de ne pas savoir à quoi ressemblerait l'avenir. Et donc, de ne rien contrôler. Ivy s'était réinvitée dans sa vie et l'avait complètement chamboulée en quelques minutes. Ce n'était pas intentionnel de sa part, sans doute, et c'était justement cela le plus agaçant. Elle n'avait pas cherché à lui faire du mal, mais il était désormais à sa merci.

Son côté rationnel l'incitait à procéder avec prudence et méthode, une étape après l'autre. Une autre partie de lui-même se projetait fiévreusement dans le futur, essayant d'anticiper chaque possibilité, d'imaginer les différents cas de figure. Cette approche en kaléidoscope n'était pas utile sur le long terme, il le savait. Il ne pouvait pas se laisser dérégler par cet événement. Un plan s'imposait.

— « Nous » ? répéta Ivy. Certainement pas !

Il fronça les sourcils.

— Je t'ai connue moins pugnace.

— Ça alors, je me demande bien ce qui a pu m'arriver depuis…

Retour à l'envoyeur. Jun Li aurait salué cette réplique en or comme elle le méritait, si sa patience n'avait pas tenu à un fil.

Devant son silence, Ivy pinça les lèvres.

— Encore une fois, je ne suis pas venue ici t'obliger à quoi que ce soit. Nous n'avons pas de plan à échafauder puisque j'en ai déjà un. J'attaque un nouveau travail et je logerai chez mon père. Ce n'est peut-être pas le luxe auquel tu es habitué, mais la maison est agréable, dans un quartier tranquille et familial. Mon père se remarie bientôt, j'aurai donc une belle-mère et deux demi-sœurs avec enfants pour m'apporter conseils et soutien. Tu n'as aucune raison de t'impliquer dans l'affaire.

Ce désir qu'elle avait de l'écarter de la vie de leur enfant et de sa vie à elle l'offensait.

— Si tu ne souhaitais pas que je m'implique, tu n'aurais pas dû venir me trouver.

— Tu es injuste ! Chacun détenait des informations dont l'autre avait besoin…

— Tu me voyais donc planifier une seconde vasectomie et ne plus y penser ? Pour quel genre d'homme me prends-tu ?

— J'aurais du mal à te répondre, je ne te connais pas. Nous étions d'accord, n'est-ce pas ? Une seule nuit, pas d'attaches. Alors oui, je pensais t'informer de la chose et rentrer chez moi élever seule ce bébé.

— Les attaches sont là, que cela nous plaise ou non. Aucun de nous ne peut tourner les talons maintenant.

3.

— Ce n'était pas dans le contrat !

Étourdie par ces événements en série, Ivy ne put trouver une réplique plus mordante.

Parmi les scénarios les plus plausibles qu'elle avait imaginés, Jun Li, une fois le choc passé et les tests réalisés, aurait assumé certaines responsabilités financières tandis qu'ils reprendraient des vies séparées. Rien de plus. Il ne voulait pas d'enfants, pourquoi au juste voudrait-il celui-ci ?

— Écoute, je suis prête à envisager de te laisser une place dans la vie de notre enfant, reprit-elle d'une voix hésitante. Mais tu comprends qu'il naîtra au Canada et que je l'élèverai là-bas, n'est-ce pas ?

— Non, répliqua Jun Li d'un ton ferme. Nous allons nous marier et élever ce bébé ensemble. Ici. Ou à Shanghai. Peut-être les deux, si l'expansion est approuvée. Nous déciderons cela plus tard, mais le Canada, c'est trop loin.

— Exactement ! Or c'est là qu'est ma vie. Ma famille.

Juste son père, en fait. Les autres vivaient à Hong Kong… Mais le ton comminatoire de Jun Li lui faisait perdre le fil.

— Où allons-nous ? demanda-t-elle soudain en prenant conscience qu'ils empruntaient un pont.

— Chez moi.

— J'ai dit que je voulais retourner à mon hôtel ! Tu ne vas tout de même pas m'enlever !

— Pas du tout.

— Tu m'emmènes contre mon gré dans un lieu inconnu. Tu appelles ça comment ?

Jun Li leva la main. Son portable sonnait.

— Je dois prendre cet appel.

Ivy étouffa un grognement et se rencogna contre son dossier tandis que Jun Li expliquait en mandarin à son correspondant qu'il ne retournerait pas à l'hôtel où se tenait le séminaire.

— Demande à Mutya de se charger du discours de clôture demain. Informe les membres du conseil que je prendrai contact avec eux dans les prochains jours au sujet de l'expansion, ajouta-t-il avant de raccrocher.

— Que je ne te retienne pas, surtout, dit Ivy. Tu sembles très occupé.

— Je le suis, mais nous avons de nombreuses questions à régler.

— Pas ce soir. Je suis trop fatiguée. À présent je vais devoir appeler un taxi pour refaire le trajet en sens inverse !

Elle ouvrit son sac avant de se raviser.

— C'est toi qui as mon téléphone.

— Ivy…

Il saisit la main qu'elle tendait vers lui.

Chaque fois qu'il la touchait, pour l'aider à descendre de voiture ou sortir de l'ascenseur, elle se sentait aimantée par lui et frémissait telle l'aiguille d'une boussole. À croire que le magnétisme de cet être en acier inoxydable la recentrait.

La raison l'incitait à reprendre le contrôle, pourtant sa main resta dans celle de son compagnon.

— N'as-tu pas vu les flashs qui crépitaient dans le hall quand nous avons quitté l'hôtel ? dit-il doucement. Mon équipe s'emploie déjà à répondre à des questions sur ton identité. Les journalistes ne mettront pas longtemps à te débusquer et te harceler. Je t'emmènerai en excursion si c'est important pour toi, Ivy, mais tout a changé. Tu ne peux plus flâner le nez au vent.

— Je ne veux pas flâner, répliqua Ivy en retirant brusquement sa main. Je veux vivre ma vie ! Personne ne nous importunait à Vancouver.

— Parce que je m'y suis rendu discrètement sans mon entourage habituel et sans publicité. Ce séminaire a fait les gros titres toute la semaine. Cela signifie que quiconque ayant des factures à payer vendra notre image au plus offrant avec une légende hautement fantaisiste.

— Je ne savais pas…

— Moi je sais. La même chose s'est produite à l'occasion de déjeuners absolument banals avec des consœurs. C'est pourquoi je suis très prudent dans mon choix de partenaires et dans mes engagements.

À ces mots, le cœur d'Ivy battit un peu plus fort. Tout de même, à l'entendre elle pouvait passer pour une de ces pauvrettes destinées à nourrir les sites de ragots après avoir couché avec un membre de la famille royale !

Des larmes de frustration lui montèrent aux yeux. Elle avait envie d'insister pour regagner son hôtel, mais elle craignait maintenant de se faire aborder. En outre, la voiture venait de s'arrêter devant un portail à double vantail.

— Pourquoi cet appartement terrasse à l'hôtel si tu possèdes une maison ici ?

— Pour des raisons pratiques. J'ai tenu là-bas plusieurs réunions. Je n'aime pas que des étrangers envahissent mon espace privé.

— Je suis une étrangère…

— Tu es de la famille.

— Je n'ai pas consenti à t'épouser !

— Ce n'est qu'une question de temps.

Elle ouvrit la bouche pour fustiger son arrogance, seulement… Ce n'était pas de la prétention déplacée de sa part. Cette belle confiance en lui-même était plutôt celle d'un négociateur attaché à conclure un accord par tous les moyens. Avait-elle le moyen d'argumenter, de répéter qu'elle n'attendait rien de lui, face à une conviction si profonde ?

Le chauffeur se gara puis descendit lui ouvrir la portière. Jun Li surgit devant elle alors qu'elle mettait pied à terre.

Voilà que cela recommençait… Debout, là, rayonnant de beauté sans rien faire pour, si déconcertant sous les lampes qui projetaient des ombres mystérieuses sur son visage, Jun Li parut absorber tout son champ de vision et consumer ses pensées. En dépit de son animosité envers lui, Ivy se surprit à se demander s'ils coucheraient de nouveau ensemble, maintenant qu'elle était ici.

Non !

Refoulant ses désirs, elle s'obligea à détourner les yeux pour éviter l'éblouissement. Son regard embrassa la maison d'architecte entourée d'arbres en fleurs, le toit évasé façon pagode, les murs bas dégoulinant de verdure. Des spots encastrés mettaient en valeur l'espace ouvert et aéré de la maison tout en créant une atmosphère chaleureuse et accueillante.

Fan des émissions de téléréalité sur des maisons à restaurer ou des nids de rêve dans des lieux exotiques, Ivy sentit malgré elle sa curiosité s'éveiller. En pénétrant à l'intérieur, elle découvrit avec stupeur un espace très haut de plafond dans lequel un sentier ardoisé serpentait entre deux bassins, l'un étroit, alimenté par l'eau vive d'une cascade sortant du mur, l'autre carré et beaucoup plus large.

— La gouvernante est en congé puisque j'avais prévu de rester en ville, dit Jun Li.

Ils étaient seuls. Un frisson courut sur sa peau.

— Une île, murmura-t-elle, avisant le cercle végétal ornant le centre du grand bassin.

La verdure entourait un tronc qui s'élevait vers une large ouverture rectangulaire découpée dans le toit. Des poteaux de bois couleur miel formaient un joli contraste avec le carrelage en mosaïque ivoire et bleu pâle sous l'eau.

— Cette maison est redoutable pour un bébé, commenta-t-elle alors même qu'elle imaginait déjà un petit crapahutant avec délices à quatre pattes dans ces quelques centimètres d'eau.

— J'en ai d'autres.

Ivy pinça les lèvres et contourna le bassin à sa suite jusqu'à une cuisine ouverte toute en inox et lignes claires, équipée de tabourets de bar.

— Je ne sais plus si nous sommes à l'intérieur ou à l'extérieur, dit-elle comme ils débouchaient dans un salon équipé d'une cheminée.

— Ici, c'est dehors, dit-il en l'invitant à ressortir dans un jardin fait d'eau pour l'essentiel, avec une étroite bande de pelouse au pied des murs d'enceinte de la propriété.

Ce bassin-là était fait pour nager, mais la surface reflétait la végétation environnante et les lumières douces. L'atmosphère était si sereine, qu'Ivy aurait pu se caler dans un coin sur une chaise longue et s'endormir là, tout de suite.

— Il y a une salle à manger par ici, et j'utilise la chambre tout au fond comme bureau.

Là-dessus, il la précéda dans une volée de marches.

Ivy eut la sensation de grimper dans la cabane la plus luxueuse jamais construite. Des passerelles couvertes entouraient le jardin. En traversant une chambre jusqu'au balcon, elle ne vit qu'une pente de feuillages et les lumières des bateaux sur la mer plongée dans la nuit au-delà. Cette maison semblait un petit paradis isolé du monde.

Jun Li lui montra deux autres chambres d'amis avant de s'effacer devant elle sur le seuil de la chambre de maître.

— Profite du jacuzzi, si tu veux te détendre.

Un lit immense trônait au centre de la pièce. Une fenêtre ovale au-dessus de la baignoire encastrée dévoilait la cime des arbres du jardin.

Dans son travail Ivy avait souvent l'occasion de discuter investissements et propriétés avec des milliardaires et des banquiers. Pour elle ce n'étaient que des chiffres. Ceci, en revanche… C'était autre chose. La vie que menait Jun Li dépassait l'imagination.

— Je te savais riche, mais je pensais que tu étais un ami de Kevin, dit-elle, éberluée, en sortant sur la terrasse.

Il prenait sûrement son petit déjeuner sur cette table en teck, lisait des rapports dans ce salon de jardin confortable. Là encore, des plantes abondamment fleuries embaumaient l'air humide et protégeaient du tumulte du monde extérieur.

— Techniquement, Kevin travaille pour moi en qualité de conseil occasionnel, mais je le considère comme un ami, en effet, répondit Jun Li en la rejoignant près de la rambarde.

Et soudain, un flash…

— C'était donc toi cette fameuse opportunité, n'est-ce pas ? dit-elle.

— Pardon ?

— Celle qui a permis à Kevin de quitter Hong Kong ! Il m'a dit qu'un ami lui avait demandé de superviser des investissements… Voilà comment il a eu les moyens de s'offrir un manoir à Point Grey.

Jun Li prit son temps pour répondre.

— Mes parents ont investi dans plusieurs entreprises et propriétés pendant que j'étudiais à Vancouver. Je m'en suis occupé tant que j'étais là-bas, mais une fois rentré à Shanghai où j'ai pris le relais de mon père, j'ai eu besoin d'une personne de confiance pour surveiller mes affaires au Canada. Kevin voulait retourner chez lui. Tout a été fait dans les règles. J'espère que tu ne suggères pas…

— Non, non, rien d'illégal, simplement… Il t'a présenté comme son ancien coloc.

— Nous avons cohabité, c'est vrai. À Point Grey, ajouta Jun Li après une brève hésitation. Il faisait la navette depuis Surrey et dormait dans sa voiture quand il devait rester tard le soir et être ensuite sur le campus à l'aube. Moi je tournais en rond dans cette grande maison, seul…

Ivy resta songeuse. Quelques parents achetaient un logement pour leur enfant scolarisé à l'étranger. La plupart s'estimaient heureux de décrocher un studio, pas une grande propriété d'une valeur de plusieurs millions…

— Dans la mesure où je me rends rarement à Vancouver et sachant que votre gouvernement n'aime guère les logements qui restent vacants, j'ai inclus celui-là dans ses indemnités de départ.

La façon dont Jun Li choisissait ses mots avec précaution laissait penser que l'histoire ne s'arrêtait pas là.

— Mais… J'ai entendu des amies de Carla raconter que la maison était un cadeau de mariage, de ceux qui ne se refusent pas, murmura Ivy. Je pensais que Kevin l'avait achetée pour elle. Tu la leur as offerte, n'est-ce pas ?

— Encore une fois, tout était légal, répliqua-t-il d'un ton crispé. Ils s'y sentaient déjà chez eux et ils veulent construire une famille.

— Tu leur as donné un manoir à Point Grey en cadeau de mariage…

Sa voix se brisa, au bord de l'hystérie.

— Moi, je leur ai acheté un mixeur à smoothies !

— Ils utiliseront sûrement ton cadeau tous les jours aussi. Je ne vois pas où est le problème.

Ivy ferma les yeux. Mais quelle imbécile elle faisait !

— Pas étonnant que tu aies été si catégorique sur le fait que nous ne passerions qu'une nuit ensemble…

— Nous allions repartir l'un et l'autre, lui rappela Jun Li d'un ton pincé. Tu emménageais dans une ville que je n'aime pas. Se lancer dans une relation n'avait aucun sens.

— Tu détestes Vancouver à ce point ?

— Je n'ai aucun bon souvenir là-bas.

Ivy se recroquevilla comme s'il venait de la frapper.

— Attends, dit-il, laisse-moi reformuler ma pensée…

— Ne te donne pas cette peine. Je suis tout à fait consciente que tu ne te réjouis pas d'avoir conçu un enfant, et cela ne va pas te rendre cet endroit plus aimable. Ni ma personne d'ailleurs. Je me fiche d'être assaillie par les paparazzis. Je rentre à mon hôtel tout de suite.

Elle rafla son sac à main abandonné sur une chaise longue, avant de se souvenir d'un détail.

— Rends-moi mon téléphone.

— Tu trembles… Retournons à l'intérieur, il fera plus chaud.

— Je tremble de rage, Jun Li. À juste titre, il me semble !

— Parce que je t'ai amenée ici plutôt qu'à ton hôtel ? Parce que j'ai offert une maison à Kevin ? Parce que tu me prends pour un snob qui ne sort qu'avec des femmes aux revenus équivalents aux siens ? Tu m'as demandé de t'aider à surmonter une rupture, je n'ai pas profité de toi…

— Tu as affirmé que le préservatif déchiré n'était pas un souci !

Les mots avaient jailli tout seuls. Jun Li inspira à fond.

— Rentrons, dit-il. J'ai des gardes qui patrouillent dans les jardins.

Il l'enveloppa d'un bras pour la guider à l'intérieur en la soulevant légèrement, comme s'ils dansaient. Ses pieds touchaient à peine le sol…

Elle avait oublié cette force tranquille chez lui. C'était troublant de le sentir si proche. Cela réveillait toutes les sensations provoquées par son contact. Il lui avait donné tant de plaisir cette nuit-là, alors qu'elle avait été… Quoi donc ? Une sorte de point final pour sa dernière nuit dans un endroit où il espérait ne plus jamais remettre les pieds ?

En arrivant dans la chambre il referma soigneusement les portes vitrées coulissantes derrière lui.

— Qu'est-ce que tu attends de moi ? s'enquit-il froidement. J'aurais dû me faire tester plus souvent, c'est vrai. J'étais trop confiant, et tu en subis les conséquences…

— Si tu essayais au moins de paraître désolé ?

Une émotion passa dans les yeux de Jun Li, furtive mais incandescente. Un éclair très vif qui disparut aussi vite qu'il était apparu.

— Se désoler des erreurs du passé n'aidera pas à résoudre les problèmes du présent. C'est la vie, voilà tout. Quelquefois elle nous oblige à modifier nos plans.

— Je ne veux pas changer de plan ! Je commençais tout juste à mener la vie que je voulais, pas celle dictée par un type qui se fichait complètement de moi. J'ai décroché un bon poste dans une ville que j'adore. J'allais enfin me rapprocher de mon père et j'étais impatiente de faire de nouvelles rencontres, ajouta Ivy en relevant le menton, dans l'idée de découvrir qui je suis sans laisser un autre envahir mon esprit, mes émotions, mes choix. J'avais des projets. Adopter un chat. Me mettre à la planche à voile. Et maintenant je suis enceinte et je ne peux plus rien faire de tout cela !

Jun Li fronça les sourcils.

— Pourquoi ne pas adopter un chat ?

— C'est tout ce que tu retiens ? Il est déconseillé à une femme enceinte de nettoyer une litière !

— La gouvernante s'en chargera, répliqua-t-il en haussant les épaules. Problème résolu.

Ivy se retint de hurler.

— Comment ça, résolu ? Nous sommes des étrangers l'un pour l'autre ! Je ne vais pas t'épouser pour divorcer fatalement dans quelques mois et rentrer de toute façon chez moi avec mon bébé.

— Notre bébé, rectifia Jun Li en se redressant. Il est improbable que je consente un jour à laisser l'enfant vivre loin de moi. Ôte-toi donc cette idée de la tête sur-le-champ.

— Tu es en train de dire que si je veux le garder auprès de moi, je suis coincée ici avec toi ? se récria Ivy, une main sur son ventre. Non ! Je refuse de me lier à un homme qui ne m'aime pas. J'ai déjà donné, merci bien ! Tu ne veux pas de moi, sans cela tu m'aurais fait signe depuis tout ce temps. Sais-tu seulement que j'ai essayé plusieurs fois de te joindre ?

— Ivy…

Un cri s'étrangla dans sa gorge.

— Tu savais ! Donc, tu ne voulais plus entendre parler de moi…

— On m'a dit que tu avais laissé un message, dit-il doucement. Sur un plan géographique, il ne semblait pas rationnel de poursuivre cette relation.

Pas rationnel. Comme si cela pouvait adoucir l'humiliation. Elle avait pensé tout le temps à lui, même avant d'apprendre qu'elle était enceinte, alors qu'elle s'était juré de ne plus laisser son cœur lui jouer de sales tours en se méprenant sur les sentiments d'un homme. La grossesse lui avait offert un excellent prétexte pour le revoir et découvrir s'il y avait un petit quelque chose entre eux.

En fin de compte, il n'y avait rien. Et le pire était que la vie qu'elle avait cru se construire n'était pas près de voir le jour.

Elle chassa d'un revers de main une larme qui dévalait sa joue, agacée de laisser voir qu'il détenait le pouvoir de la blesser.

— Ton projet est encore moins rationnel, Jun Li. Je n'épouserai pas un homme qui ne veut rien avoir à faire avec moi. Je ne m'installerai pas dans un pays où je ne connais personne. Cette idée-là, tu peux l'ôter de ta tête sur-le-champ, comme tu dis si bien.

4.

Que répondre à Ivy ? Qu'il avait été tenté de prendre le premier vol pour Vancouver, où ils se seraient passionnément envoyés en l'air jusqu'à tout oublier ? Qu'il ne pouvait s'empêcher de penser que les propos véhéments échangés ce soir n'étaient que le revers de leur alchimie sexuelle, l'expression de quelque chose qu'ils se refusaient à reconnaître ?

— Tout cela ne mène nulle part, dit-il, en rabattant le drap sur le lit. Tu es fatiguée…

— Et hystérique ? C'est ça ? Dis-le !

Au son enroué, menaçant de sa voix, il se redressa et la regarda. La regarda vraiment.

Il n'avait jamais vu une personne aussi à bout. Son teint très pâle était marbré de rouge. Ses lèvres tremblaient, le reste de son corps frémissait telle une feuille fragile dans le vent. Elle s'escrimait en vain à retenir les larmes qui roulaient sur ses joues, laissant des traces erratiques.

Il s'aperçut qu'il était lui-même tendu comme un arc. La nouvelle l'avait profondément secoué. Et parce qu'il bataillait contre sa propre crise existentielle, il n'avait pas pris conscience de celle qu'Ivy était en train de vivre. Elle était terrifiée, et il ne s'en apercevait que maintenant ! Elle luttait littéralement pour sa survie. Cette idée lui mit le cœur à l'envers.

— Je t'ai cru quand tu as dit que je ne risquais rien, asséna-t-elle d'une voix sourde. Tu comprends ?

La colère d'Ivy lézarda les murs qui endiguaient ses propres émotions. Se fier à une parole et découvrir ensuite, trop tard, que cette confiance avait été mal placée. Le sentiment lui était familier. Il avait pour nom l'écœurement.

— Tout en moi se déréglait, poursuivit Ivy. J'ai cru à une grippe. J'étais distraite. J'avais trois mois de retard et je commençais à redouter une maladie grave, sournoise. Parce que… Quel genre d'homme mentirait à une femme sur une chose pareille ?

— Je ne savais pas, murmura Jun Li.

— Et moi… Moi j'étais là, vêtue de cette blouse en papier vert immonde, et je me disais : voilà, je me suis encore fait avoir par un homme, c'est le sort qui s'acharne ou c'est moi qui suis terriblement naïve ? Est-ce que j'avais couché avec un type qui prend plaisir à engrosser des femmes partout dans le monde ? Pour cesser de me flageller, j'ai fini par me persuader que tu ne savais pas, en effet. Alors…

Ses épaules s'affaissèrent.

— Alors je devais te dire. Pour que tu ne recommences pas avec une autre. Et tu n'as même pas pris mes appels. Tu étais prêt à me commander un taxi il y a quelques heures encore à l'hôtel… Et tu tentes maintenant de me forcer à t'épouser ? Tu ne vois donc pas à quel point c'est absurde ?

Jun Li se passa la main sur le visage. Il n'était pas insensible à la détresse d'Ivy, mais l'un des deux devait garder son sang-froid. S'il se permettait de partir en vrille lui aussi…

Il verrouilla impitoyablement ses émotions.

— Je suis heureux que tu te sois donné tout ce mal pour venir m'informer, Ivy, dit-il, résolu à tenir fermement l'impression que tu savais dès le départ que tu garderais le bébé, n'est-ce pas ? Eh bien, je partage ce sentiment. Je veux ce bébé. Je veux faire ce qui est juste. Je n'essaie pas de te forcer à quoi que ce soit.

— Si, à partager ton lit !

— Parce que tu es épuisée, rétorqua-t-il avant de souffler un bon coup. Nous avons besoin tous les deux d'une pause pour prendre du recul. Nous n'aborderons plus ce sujet ce soir.

Ce ton péremptoire lui ressemblait peu. Il prenait toujours ses responsabilités au moment d'un choix, mais jamais il n'interrompait un dialogue par pure commodité. Il savait écouter et considérer d'autres points de vue que le sien avant de boucler un sujet et de passer au suivant. L'un comme l'autre toutefois n'en pouvaient plus. Ivy chancelait telle une boxeuse groggy. Ce qui l'amena à faire ce qu'il n'aurait pas fait en temps normal, personne n'appréciant d'être manipulé. Il la souleva dans ses bras.

Ivy se crispa sous l'effet de la surprise, mais contre toute attente, loin de regimber, elle gémit, jeta les bras autour lui, enfouit le nez dans son cou et se mit à sangloter si fort que le cœur de Jun Li se serra. Il avait eu l'intention de la déposer sur le lit. Pour finir, son sang-froid le lâcha. Il se laissa choir sur le bord du matelas avec elle.

C'était lui qui l'avait mise dans cet état. Dix ans plus tôt, il avait éprouvé exactement le même désarroi qu'elle ce soir, ce sentiment d'être K-O, dépassé…

Il la positionna sur ses genoux de sorte que les pans de sa veste l'entourent et la réchauffent. La tendresse n'était pas son fort, mais il se surprit à la bercer en lui frottant le dos, dans une tentative assez gauche pour lui offrir du réconfort tandis que son torse pourtant solide tremblait sous la puissance de l'angoisse d'Ivy.

Ignorant pour une fois la dureté conquise des années plus tôt, il chercha la meilleure façon de l'apaiser. Facile à dire… Elle attendait de lui des excuses, mais elles sonneraient faux, il le sentait, pour des raisons qu'il n'était pas prêt à examiner. Il ne pouvait lui promettre la vie à laquelle elle aspirait. Tout avait changé, pour l'un comme pour l'autre. Telle était la dure réalité, et lui aussi était encore sous le choc.

Il fallait pourtant dire quelque chose… Elle pleurait de manière incontrôlable, ses épaules n'en finissaient plus de tressauter. Ses petits geignements meurtrissaient son propre corps.

— Nous sommes des adultes responsables et intelligents, Ivy. Nous trouverons un moyen de relever ce défi.

— Comment ? bredouilla Ivy dans un hoquet.

Bonne question.

Il ne manquait pas de ressources. Avec son diplôme en économie et sa cervelle d'ingénieur il pouvait sauver des projets pharaoniques à sept chiffres et contourner des administrations étrangères incompétentes et depuis qu'il avait compris que la cuisine n'était qu'une suite de réactions chimiques et le sexe de la biologie, il avait cumulé les succès dans l'un et l'autre domaines. Cependant il ne lui avait guère donné de raisons de compter sur lui, n'est-ce pas ?

« Ne t'inquiète pas. J'ai subi une vasectomie. »

Elle se doutait sûrement en arrivant ici qu'il ne la croirait pas. Elle projetait de mettre ce bébé au monde sans son soutien. Une leçon d'humilité pour lui… Mais cela l'offensait aussi.

— Tu pensais sérieusement devoir affronter tout cela seule ? demanda-t-il.

— C'est mon souhait. Je veux vivre ma vie, pas celle programmée par un autre.

Elle s'accrochait à lui tout en clamant son désir d'indépendance… Percevant peut-être l'ironie de la situation, Ivy se dégagea et releva la tête.

Elle avait l'air ravagée. N'écoutant que son instinct, Jun Li resserra les bras autour d'elle. Cela lui faisait du bien à lui aussi. L'étau qui lui enserrait la poitrine s'était allégé pendant qu'il la tenait contre lui. Une tempête les attendait, un *tsunami*. Il fallait repousser l'ombre de peur que faisait planer cette menace. Dans un effort pour revenir à la normalité du quotidien, il déposa Ivy sur le matelas, lui retira ses chaussures puis remonta le drap sur elle. Au moment d'éteindre la lumière il se ravisa en voyant qu'elle bataillait avec sa robe sous le drap.

— Veux-tu un T-shirt ? proposa-t-il.

Il alla en chercher un. Elle s'assit et joua des hanches pour se débarrasser de la robe. Alors il lui passa le T-shirt par la tête tandis qu'elle enfilait les manches.

— Attends, dit-elle comme il posait la robe sur le dossier de la chaise.

D'un geste vif, elle dégrafa son soutien-gorge et fit glisser les bretelles sur ses bras avant de repêcher le chiffon de satin beige sous le col du T-shirt. Puis elle le lui tendit et se renversa sur les oreillers en ramenant le drap jusque sous son menton.

— Je ne suis pas comme ça d'habitude, ajouta-t-elle, les yeux gonflés, la voix enrouée.

— Je sais.

Le jour de leur rencontre, il émanait d'elle une aura d'optimisme et de conviction assez excitante. Elle était en pleine renaissance, elle remodelait sa vie et l'assurance qu'elle dégageait était de celles que seul un coup dur aussi hors norme que celui-ci pouvait disloquer.

— Bonne nuit, dit-il en se penchant vers ses lèvres.

Il avait tablé sur un baiser de réconfort, tout doux, avant de la quitter pour la nuit.

Mensonge, songea-t-il au moment où la foudre lui tombait dessus, incendiant ses veines. En réalité, il avait voulu voir si l'alchimie était toujours là.

La réponse était oui.

La bouche d'Ivy frémit sous la sienne, ses lèvres remuèrent, appelant un baiser plus profond. Alors qu'il lui venait des envies de *razzia*, des envies de s'engouffrer avec elle dans l'excitation sauvage éclatant sous ses paupières, promesse de feux d'artifice, il se cuirassa pour donner plus qu'il ne prenait. Il fit rouler ses lèvres sur les siennes, les mains posées en coupe sur ses joues, et releva la tête bien avant que l'un ou l'autre n'ait son content.

Bon sang ! Que c'était difficile… Et ce n'était pas pour le rassurer. En devenant sa femme elle le consumerait s'il n'y prenait garde. Pourtant il devait l'épouser. La laisser retourner au Canada, devenir un papa longue distance, c'était impensable.

Il éteignit la lampe. La voix triste d'Ivy s'éleva dans le noir.

— Je ne peux pas épouser quelqu'un que je ne connais pas. Comment peux-tu même suggérer une chose pareille ?

Elle n'avait pas tort. Lui-même n'en savait guère plus à son sujet. Le fait qu'une étrangère parvienne à l'affecter à ce point avait quelque chose d'effrayant. Elle détruisait même sa chère autonomie car, avec ou sans mariage à la clé, sa vie serait influencée à jamais par la connexion qu'ils partageaient aujourd'hui.

En dépit de tout cela, oui, il l'épouserait.

Il s'assit près d'elle et souffla :

— À seize ans, ma mère a dû aller travailler aux champs. Est-ce que cette loi t'est familière ?

— Lorsque tous les étudiants étaient envoyés dans des fermes ?

— Oui. Elle y est restée quatre ans. Une de ses amies, qui est ma tante aujourd'hui, lui a vanté les mérites de mon père, un homme tranquille, intelligent, très réfléchi et déterminé. Ma mère a écrit à ses parents qu'il semblait ambitieux et gentil. Il était difficile à l'époque de voyager sans un motif sérieux, des études, un mariage. Ma mère souhaitait retourner à Shanghai. Mon père, lui, voulait tenter sa chance dans une ville plus importante. Leurs parents ont tout organisé. Il est arrivé le jour de son mariage. L'avenir des deux familles se jouait sur ces noces mais, en voyant mon père, ma mère a découvert qu'il avait les jambes arquées et le dos bossu.

Ivy inspira brusquement.

— Tu m'avais dit…

— Malnutrition, précisa Jun Li en lui pressant le bras à travers la couverture. Ce n'est pas génétique. Ma mère était furieuse qu'on ne l'ait pas prévenue, elle prétendait qu'elle n'aurait jamais dit oui si elle avait su, pourtant il s'est révélé en fin de compte ambitieux et gentil. Ils sont très heureux aujourd'hui, mais je ne serais pas là, et ce bébé non plus, si elle avait tout su de lui avant de l'épouser.

— C'est une très jolie histoire pour s'endormir, convint Ivy, la voix chargée d'émotion.

Pour lui, c'était surtout un rappel que ses parents avaient affronté des batailles plus cruelles encore et lui avaient néanmoins offert une vie extrêmement confortable. La moindre des choses était d'en faire autant avec son propre enfant. Cela lui coûterait trois fois rien. À peine une alliance au doigt d'une étrangère…

Une sonnette tinta au loin.

— Est-ce qu'on a sonné ? demanda Ivy surprise.

— Mon assistant, avec tes valises, répondit Jun Li en se levant. Je reviens tout de suite.

— Tu sembles hésiter, dit Jun Li. Je te ramène chez toi, si tu préfères.

Ivy n'avait pas les idées très claires, en effet.

Elle était enceinte, mais elle s'apprêtait à faire l'amour avec Jun Li pour la première fois. Ils se trouvaient dans une suite extravagante de son hôtel de Vancouver, dont elle avait visité une pièce après l'autre avec des précautions de chat, profitant de la vue sur le Lion's Gate tout illuminé avant d'aller poser son sac à main sur le bout de canapé.

Ils venaient de savourer un dîner tranquille en terrasse. Cet air frais, ce soleil… Sa peau était à vif, son corps détendu, délié à souhait, après un verre de vin et un excellent repas. Lorsqu'il l'avait conviée dans sa chambre puis embrassée langoureusement dans l'ascenseur, elle avait senti que c'était exactement ce dont elle avait envie.

— J'ai le trac, c'est tout. Je n'ai connu personne, à part…

Elle se tut. Bavasser, ce n'était pas le plus sûr moyen de convaincre Jun Li de son intelligence, sa maturité, son self-control. Peut-être essayait-elle de s'en convaincre elle-même ?

— Tu n'as eu qu'un amant ? dit-il, étonné, en retirant sa veste avant de s'approcher d'elle.

— Et toi, combien ? répliqua-t-elle d'un ton de défi avec un petit sourire.

— La quantité importe peu, répondit Jun Li en lui saisissant la main pour en baiser doucement la paume. Simplement, j'en déduis qu'une nuit comme celle-ci est une affaire plus sérieuse pour toi que pour moi. Peut-être devrions-nous en rester là.

— Je sais, tu partiras demain. Et je n'entendrai plus parler de toi. Cueillir le moment présent, cela me va.

— Est-ce la seule chose à cueillir ici ? demanda-t-il avec un petit sourire.

Dès qu'elle parvenait à détendre le visage de Jun Li, une sensation de triomphe la gagnait.

— D'autres aussi te sont offertes, si tu le souhaites, dit-elle.

— Parce que tu veux oublier ton ex ? Ou te venger ?

— L'oublier. Loin de moi l'idée de lui jeter ton nom à la figure. Je ne lui adresserai plus jamais la parole, avec un peu de chance. Toutefois j'espérais aussi... apprendre de toi quelques astuces.

— Quel genre d'astuces ?

— Comment protéger mon dos, par exemple, en poussant plutôt sur les jambes... Si tu as des conseils je suis preneuse.

Il rit tout bas avant de planter les yeux dans les siens.

— Demande-moi ce que tu veux. Pars, si tu ne te sens pas à l'aise.

— Je reste, dit-elle fermement. Mais je manque d'expérience. Ma relation s'entretenait à distance pour l'essentiel et...

Elle plissa le nez, effarée de se confier autant. Mais quelle importance ? Elle ne le reverrait plus. Une nuit, pas plus. Pas de petit sourire moqueur ni de jugements désobligeants après coup. Ce qui se passerait ici resterait ici.

— Je perçois mal l'intérêt des... Des aventures d'un soir. Toute la pression repose sur l'acte lui-même et je crains d'être ennuyeuse au lit.

Au lieu de rire comme elle le craignait, Jun Li ramena

derrière son oreille une mèche égarée et caressa du regard ses yeux, ses sourcils, sa joue.

— À aucun moment aujourd'hui je ne me suis ennuyé en ta compagnie. Mais dis-moi, qu'entends-tu par « ennuyeuse » ? Est-ce une façon de me dire que tu n'as jamais joui ?

— Seulement en solitaire.

— Ah. Voilà qui nous dit qui de vous deux était ennuyeux au lit. Laisse-moi te montrer tous mes trucs. Et voyons si je peux t'éclairer sur l'intérêt de la chose.

Là-dessus, il prit ses lèvres en douceur. Il y avait une question dans ce baiser. Une proposition. Était-elle prête à se lancer dans l'aventure ?

Elle l'était. Le contact de la bouche de Jun Li avait suffi, elle frémissait déjà d'excitation. Un gémissement lui échappa. Il ouvrit alors plus largement les lèvres pour goûter les siennes avec une lenteur ensorcelante et approfondit son baiser par degrés, sans hâte, tout en lui caressant la nuque du bout des doigts.

Respirer devint vite compliqué. Elle posa les doigts sur ses épaules pour garder l'équilibre, et les déploya aussitôt pour s'imprégner de sa force. Nerveuse, trop pressée, elle se colla contre lui. Il se tourna sans prévenir, l'entraînant avec lui, dos au mur. Puis il lui leva les mains au-dessus de la tête et entremêla leurs doigts, sans cesser de l'embrasser avec la même langueur appliquée.

Clouée au mur. La position lui parut sexy, vaguement obscène, délicieusement perverse. Elle remua un peu les poignets, pour voir. Leurs yeux se croisèrent. Elle aspira en bouche sa lèvre inférieure et la suçota, lui faisant ainsi savoir que ce jeu lui plaisait.

Grognant tout bas, Jun Li l'embrassa plus profondément. Le désir flamba, embrasa son ventre. Des flammes lui léchaient tout le corps. Elle ne pensa bientôt plus qu'aux sensations électriques éveillées par ce baiser jusqu'au bout de ses doigts, à ses seins tendus jusqu'à la douleur, à cette pression qu'il lui imposait, divine. Il la tenait à sa merci, l'obligeant à composer avec le plaisir qu'il lui donnait.

Pas question pour autant de rester passive. D'instinct, elle leva une jambe pour l'enrouler autour d'une cuisse ferme. Il était si dur dans son pantalon. Vraiment dur. Il lui retroussa la jupe jusqu'à la taille d'un geste vif pour presser son sexe gonflé contre le sien tout en lui suçant le cou à pleine bouche. De très loin, Ivy s'entendit geindre de plaisir.

Lâchant alors ses poignets il fit courir ses deux mains partout sur elle, l'enfiévrant de plus belle. La joie explosait dans son cœur. Oh ! ces mains… C'était si bon. Elle se trémoussa de bonheur. Entre ses jambes, une pulsation, de plus en plus intense. Elle voulait le sentir là maintenant. Elle lui releva la tête et plongea la langue dans sa bouche sans la moindre retenue, son beau visage fermement calé entre les paumes. Elle n'avait jamais eu beaucoup de chance en menant le jeu, mais il parut apprécier. Mieux, il se mit à chalouper contre elle, attisant davantage les flammes.

Voilà l'intérêt de la chose, songea Ivy. Cette envie subite de vite passer aux choses sérieuses, au meilleur, qui le disputait à celle de savourer encore et encore le moment, la danse des langues, le piquant du désir affluant par vagues dans son ventre et qui la rendait folle. Comme lui, visiblement. À présent il lui caressait la cuisse en prenant tout son temps alors qu'il savait forcément qu'elle mourait d'envie d'être touchée plus intimement.

— Jun Li ! supplia-t-elle, vaguement consciente qu'il tomberait à genoux d'un instant à l'autre pour lui offrir une leçon très parlante sur les bénéfices d'un orgasme offert plutôt qu'induit par ses propres…

— Ivy ?

L'univers bascula. Ivy ouvrit les yeux dans le noir.

Son corps incandescent vibrait de désir, des gouttes de

sueur perlaient sur sa peau. Sous ses mains, la peau nue de Jun Li qui la tenait plaquée contre lui, ses seins gonflés écrasés contre le fin coton du T-shirt.

— Tout doux… Tu es en train de faire un cauchemar.

Ah, non. Non ! Au contraire. Elle était tout près de jouir dans son sommeil.

— Tu es en sécurité, dit-il en lui caressant les cheveux.

Elle aurait dû se dégager, laisser la nuit l'engloutir, mais sa fièvre était telle qu'elle s'étira comme une chatte contre lui et noua les bras autour de son cou.

Si elle n'avait senti un frémissement sous le boxer en bougeant contre lui, elle n'aurait pas ouvert la bouche contre sa gorge. Trop tard. Elle lécha la chair douce sous la mâchoire, mordilla l'ombre de barbe un peu râpeuse et chercha ses lèvres tout en frottant sa poitrine contre lui.

— Qu'est-ce que… ?

Il marmonna un juron comme elle promenait les ongles sur son torse, éraflant un téton qui pointait, tout en repliant la jambe sur sa taille de manière à se presser contre son érection croissante et soulager son agonie.

Leurs bouches se scellèrent. Elle enfouit les doigts dans ses cheveux, il saisit ses fesses à deux mains et se projeta contre elle. C'était un bloc d'acier maintenant. Et un délice.

Quelques frictions, une langue agile s'invitant dans sa bouche, cela suffit à libérer d'un coup toute la chaleur qui couvait. Une lave brûlante se répandit dans tout son corps. Elle explosa en gémissant.

Secouée de frissons, aveuglée de couleurs d'un autre monde sous ses paupières closes, elle se détacha des lèvres divines de Jun Li pour chercher son souffle entre deux cris de plaisir.

Jun Li batailla un moment contre une envie folle d'arracher les étoffes qui les séparaient encore pour s'enfouir en elle. Était-elle seulement réveillée ?

Lui, l'était. Pour ça oui ! La façon dont Ivy s'était frottée contre lui, lui avait léché la peau, l'avait excité jusqu'à la douleur. Maintenant elle frissonnait en poussant les gémissements les plus érotiques qui soient. Son cœur battait à deux cents, et son instinct lui criait de rouler sur elle pour dévorer ce corps de reine qui sentait la vanille et l'abricot. Plonger en elle. La faire sienne. La faire décoller encore et se vider en elle…

Il l'aurait peut-être fait. Sauf qu'elle se mit soudain à geindre d'effarement cette fois et sortit de ses bras. Il mit quelques secondes à s'extraire de sa torpeur sensuelle pour la lâcher.

— Qu'est-ce qui vient de se passer ? murmura-t-il d'une voix éraillée qu'il reconnut à peine.

— Rien, dit Ivy en reniflant. Un rêve. Rendors-toi.

— Tu rêvais de qui ?

Elle avait prononcé son prénom, mais…

Il tendit la main vers son dos courbé en deux. Elle était recroquevillée comme un pangolin.

— Pas envie d'en parler, dit-elle, la voix étouffée par les oreillers et les couvertures.

— Tu te sens bien ? Une douleur quelconque ? Le bébé ?

— Seigneur ! Oui, tout va bien, répondit Ivy entre ses dents en s'éloignant un peu plus sur le matelas. Qu'est-ce que tu fais là, d'abord ?

Il était revenu après une heure passée à communiquer ses instructions. Ivy dormait profondément. Il avait laissé sa valise dans l'armoire, de façon qu'elle ne trébuche pas dessus si elle se levait au milieu de la nuit, puis, après avoir hésité, il s'était glissé près d'elle entre les draps.

— Je voulais juste être là pour te rassurer au réveil.

— Eh bien, va donc dormir ailleurs. Ou c'est moi qui déménage.

Il aurait dû obtempérer. Il dormait rarement avec une femme. Trop de soucis. Il avait suffisamment à faire dans la journée sans avoir à se préoccuper d'un geste maladroit ou de ronflements malvenus la nuit.

Tandis qu'il hésitait sur la conduite à tenir, il entendit le souffle d'Ivy s'apaiser, redevenir peu à peu régulier. Le sommeil revenait.

Quelle chance, songea-t-il avec amertume. Elle était repue, et lui bien trop émoustillé pour s'endormir. Le mieux était d'aller dans une autre chambre soulager cette érection et prendre un peu de repos… Mais il n'avait aucune envie de la quitter. Pour cette raison précisément, il aurait dû s'éclipser tout de suite. Le pouvoir d'attraction qu'elle exerçait sur lui, au point de lui faire oublier sa sacro-sainte autodiscipline, était incompréhensible.

Malgré tout, était-ce réellement une surprise, après le plaisir qu'elle venait de prendre dans ses bras ? Il se pinça discrètement, torturé et ravi à la fois de découvrir qu'elle était encore capable d'un tel abandon d'elle-même.

Comme pendant leur nuit à Vancouver.

Il se la remémorait souvent, cette nuit magique. En particulier le moment où elle l'avait empoigné par les cheveux pendant qu'il lui donnait du plaisir avec sa bouche. Cet acte l'excitait toujours, mais la réaction d'Ivy, ses plaintes sourdes, cette façon de s'offrir sans réserve à ses jeux de langue, lui avait tourné les sens. Lorsqu'elle avait volé en éclats, il avait presque perdu le contrôle. Plus tard, le calme revenu, elle peinait tant à retrouver son souffle et ses forces qu'il l'avait portée jusqu'au lit tel un guerrier exhibant son butin.

Héroïque, il avait pris le temps de fouiller ses bagages en quête d'un préservatif. Une allergie au latex l'obligeait à utiliser une autre matière, moins solide lui avait-on dit des années plus tôt, mais jamais il n'avait connu d'incident jusque-là. Le préservatif utilisé cette nuit-là était peut-être périmé. Il ne s'était pas donné la peine de vérifier, dans sa hâte de rejoindre Ivy.

Ils s'étaient rapidement déshabillés l'un l'autre entre deux baisers.

— Ça m'est égal si je ne jouis pas une seconde fois,

avait-elle chuchoté contre sa bouche en s'agenouillant sur le lit avec lui. Je veux juste te sentir en moi.

Elle démontrait une hardiesse délectable. Les caresses dont elle abreuvait son dos tandis que ses seins effleuraient son torse lui avaient donné envie de fermer les yeux pour savourer le choc des sensations.

— Oh ! petite fleur, je peux faire tellement mieux. Ce moment de sexe est censé être le meilleur de ta vie !

— La barre était basse. C'est déjà mieux que tout ce que j'ai pu connaître.

Cet humour au cœur de la passion, une première pour lui, l'avait séduit tout autant que le reste. Il s'était appliqué à vénérer sa peau douce, ses mamelons raidis, ses cuisses tendres et la coulée de miel entre…

Jun Li se tassa sur lui-même, le corps vibrant au souvenir de cet instant où il l'avait renversée sur le dos pour se hisser sur elle. L'humeur joueuse s'était subitement envolée. Le plongeon dans les profondeurs de ses chairs avait balayé toute autre pensée. Avec un peu de méthode, il aurait fait durer la chose toute la nuit, tant le plaisir d'aller et venir lentement en elle était intense. N'étant pas un surhomme, il avait tout juste réussi à l'attendre.

Il n'était pas étourdi au point de ne pas sentir le préservatif se déchirer sur la fin, au moment d'accélérer le rythme. Le souvenir était clair, précis. Ils étaient alors tous deux au bord d'un orgasme puissant et partagé. Ce n'était pas son propre plaisir seulement qu'il aurait coupé net en calmant le jeu, c'était aussi celui d'Ivy. Si bien qu'il avait lâché la bride au désir et décollé avec elle sur un ultime coup de reins. Un envol spectaculaire vers des cieux insoupçonnés, le plus intense de sa vie, qui lui avait arraché un cri d'euphorie.

Ces secondes d'extase valaient-elles leurs conséquences ? Il pouvait toujours raisonner, se dire qu'il n'avait pas cru une seconde à une conséquence quelconque, la vérité, c'était qu'il aurait pu se retirer et ne l'avait pas fait. C'était lui et seulement lui qui avait permis cette grossesse.

Il avait même sacrément assuré le coup. Un peu plus tard, comme il expliquait à Ivy ce qui venait de se produire, elle avait demandé si une visite à la pharmacie s'imposait.

— Ne t'inquiète pas. J'ai subi une vasectomie.

— Vraiment ?

— Oui. J'évite la publicité sur le sujet en général. Je préférerais que tu gardes cette information pour toi.

— Bien sûr.

Ils avaient somnolé quelques minutes puis, comme elle revenait de la salle de bains, il lui avait proposé de dormir là.

— Je partirai tôt. Commande un petit déjeuner au réveil et profite du jacuzzi... Dois-je aller chercher un autre préservatif ?

— Pour quoi faire ?

Il avait pris cela comme un consentement. Et voilà le résultat.

Jun Li épousa des yeux dans l'obscurité la forme du corps d'Ivy sous le drap. Il y avait eu tant de moments où il aurait pu faire un choix plus raisonnable. Ivy n'avait rien à se reprocher, tout était arrivé par sa faute à lui. Il avait abdiqué sa prudence habituelle en matière de sexe. Cette nuit-là avait été magique, extraordinaire même, mais à quel prix ?

Le temps de rendre des comptes était venu. Comme celui d'assumer ses responsabilités pour eux deux.

5.

Ivy prit peu à peu conscience d'une discussion à voix basse entre Jun Li et une femme. Un cliquetis d'assiettes lui parvint. Ils devaient être sur la terrasse. Elle batailla pour se réveiller tout à fait. L'air frais du matin charriait des arômes de café et d'œufs brouillés.

Elle s'étira et roula sur le dos sur ce matelas si confortable, le corps délicieusement alangui. Depuis quand n'avait-elle pas passé une nuit aussi réparatrice, avec un réveil aussi serein ? Sûrement depuis ce samedi d'avril…

Oh ! non.

Un sentiment d'horreur lui serra le cœur au souvenir de ce qui s'était produit au milieu de la nuit. Si seulement ce n'était qu'un mauvais rêve !

De désespoir, elle ramena les genoux contre la poitrine et bascula sur le côté pour enfouir son visage en feu dans les oreillers. Elle avait envie de mourir. De remonter drap et couverture sur sa tête et de rester dans ce lit pour toujours… N'était ce besoin pressant qui la poussait vers la salle de bains.

Étouffant un gémissement, elle leva la tête pour s'assurer qu'elle était seule dans la chambre. Jun Li avait eu la prévenance de laisser un kimono de soie imprimé de cerisiers en fleurs au pied du lit. Qu'il aille au diable, cet homme ! Elle rafla le kimono, cap sur la salle de bains. Pourquoi, mais pourquoi s'être jetée à son cou comme cela ? Elle l'avait quasiment agressé !

Sur le lavabo, étaient disposés une brosse à dents neuve,

qu'elle utilisa aussitôt, un shampooing parfumé au géranium, ainsi qu'un savon et une lotion pour le corps. Elle emporta les trois flacons sous la douche, repoussant ainsi le moment de croiser Jun Li. Le jet d'eau chaude lui éclaircit les idées sans pour autant alléger sa conscience. Après s'être séchée, elle peigna ses cheveux humides et s'hydrata jusqu'au bout des orteils avec la lotion qui sentait merveilleusement bon le thé vert et la citronnelle, jusqu'à ce que les excuses manquent pour l'éviter plus longtemps.

En outre, elle mourait de faim.

Une fois sur la terrasse, trois petits pas la séparaient de la table, mais le trajet parut durer une éternité tant elle avait honte.

— Merci, murmura-t-elle en désignant son kimono, très consciente d'être nue en dessous.

— Une garde-robe complète sera bientôt livrée. Je voulais te laisser dormir, mais je préférais que tu n'aies pas à venir me chercher au milieu de la foule.

La foule ?

— Je croyais que mes bagages étaient arrivés hier soir ?

— Tes affaires sont dans l'armoire, en effet, mais il te faudra une garde-robe complète. Et même deux, m'a-t-on expliqué, puisque les vêtements de maternité sont une ligne à part. Je me suis documenté sur les changements induits par la grossesse sur le corps de la femme, ajouta-t-il en baissant les yeux vers le décolleté du kimono. C'est remarquable.

— J'ai emporté une robe, que je ne portais pas hier de peur de me trahir, dit Ivy en acceptant l'assiette qu'il poussait vers elle.

Œufs mollets épluchés et coupés en deux, avocat, tomates cerises, salade de fruits tropicaux, coupelle de nouilles d'où s'échappait un subtil parfum d'épices… Jamais elle ne pourrait tout finir ! Elle avait assez faim cependant pour tenter le coup.

— Il te faudra plusieurs robes. Celles qui seront bientôt livrées sont du prêt-à-porter, mais ma mère se fera une joie de te présenter sa styliste préférée.

Ivy faillit lâcher son assiette.

— Tu as parlé du bébé à ta mère ? s'écria-t-elle. Je comptais l'annoncer à mon père à mon retour seulement. Elle ne postera pas la nouvelle sur les réseaux, au moins ?

— Non. J'allais m'en occuper moi-même après t'avoir demandé si tu souhaitais prévenir quelqu'un d'abord. Nous appellerons ton père après le petit déjeuner, avant qu'il soit trop tard là-bas, dit Jun Li en consultant sa montre. Est-ce qu'il va bien ? Peut-il voyager dans les jours qui viennent ?

— Pour aller où ?

Les doigts d'Ivy tremblaient tant sur les baguettes qu'une tomate s'échappa de l'assiette. Jun Li l'attrapa au vol avant qu'elle ne roule sur le sol et la fourra dans sa bouche.

— Shanghai. Pour notre mariage, vendredi prochain, précisa-t-il en croquant dedans.

— Je t'ai dit que je ne voulais pas t'épouser !

La nuit précédente ressemblait de plus en plus à une grosse erreur. L'aurait-il interprétée comme une capitulation ?

— Le mariage est la solution la plus pratique.

— Pour toi, peut-être…

Jun Li reposa la tasse de café qu'il portait à ses lèvres.

— J'avais espéré que tu verrais toi aussi les avantages de la chose après une bonne nuit de sommeil.

Il chercha son regard. Il se souvenait donc de tout. Ivy se sentit rougir jusqu'aux oreilles.

— Pour information, épouser un compte en banque bien garni n'a jamais fait partie de mes objectifs. Je n'utiliserai pas mon bébé pour cela.

— Lorsque des couples se disputent pour de l'argent, c'est plutôt parce qu'ils en manquent, non ? Si j'appartenais à la classe moyenne, accepterais-tu ? Dois-je me délester de quelques zéros pour mériter ta main ?

— Je dis simplement que tu ne demanderais pas ma main si je n'étais pas enceinte, répliqua Ivy avant de mordre dans un morceau de mangue.

— Je n'aurais épousé personne. N'en fais surtout pas une affaire personnelle.

— Allons donc, persifla Ivy. Tu me demandes de t'épouser alors que c'est clairement la dernière chose dont tu as envie. Évidemment que c'est une affaire de personne. Dis-moi au moins pourquoi tu étais soi-disant allergique au mariage ?

— Simple. Ce n'était pas dans mes plans. Je suis responsable de centaines de projets, de milliers d'emplois, de milliards de dollars. Je respecte les efforts consentis par mes parents pour construire ce que je dirige aujourd'hui, mais je ne voulais en aucun cas reporter le poids de ces responsabilités sur mes propres enfants…

Sa joue tressauta. Il s'octroya une gorgée de café avant d'avouer :

— Je me suis fait une frayeur avec une camarade pendant ma dernière année de lycée.

— Tu as mis une fille enceinte ?

— Non, dit-il en tapotant nerveusement sa tasse du bout des doigts. Mais pendant un temps je l'ai cru.

Ivy cessa de manger. Le regard de Jun Li s'évadait vers un horizon lointain.

— Une camarade, tu dis ?

— Ma première petite amie. C'était aussi la première fois que je vivais seul. J'étais loin d'être assez mûr pour devenir père. Lorsqu'elle m'en a parlé, j'étais terrifié. J'ai appelé mes parents, mais je n'ai rien pu leur dire. La santé de mon père s'était dégradée. Le semestre était presque fini, alors je me suis engagé à rentrer au plus vite, tout en ignorant ce que j'allais faire.

— C'était une fausse alerte ?

— Non, elle était bien enceinte, mais pas de moi. Lorsque je l'ai invitée à venir en Chine rencontrer mes parents, elle m'a avoué qu'il y avait un autre homme dans le tableau, le patron du fast-food dans lequel elle travaillait après les cours. Il était un peu plus âgé, et fiancé à une autre. Il lui avait conseillé de prétendre que l'enfant était de moi parce qu'il n'en voulait pas et que j'étais riche.

Ivy se retint de lui prendre la main.

— C'était ton premier amour. Tu as dû souffrir...

— Le fait de ne pas savoir si j'étais bien le père était une torture. Par chance j'avais assez d'argent pour m'offrir un test de paternité. Lorsque la vérité a éclaté, elle est repartie dans sa famille. Elle m'avait trahi, c'est difficile à pardonner, mais c'était une enfant comme moi. Cet autre type, lui, était assez grand pour savoir ce qu'il faisait.

— C'était son patron...

— Il y a ça aussi, confirma Jun Li avec une moue de dégoût avant de hausser les épaules. Après coup, j'étais furieux. J'étais prêt à interrompre mes études pour devenir mari et père... Toutes mes illusions sont parties en fumée. Je me suis senti manipulé. J'étais devenu une cible de choix, du fait de ma richesse. J'ai aussi mesuré à quel point un enfant me rendrait vulnérable. Mon père était toujours malade, je savais que tôt ou tard il me passerait la main. Bien entendu mes parents s'attendaient à ce que je me marie un jour, mais je n'arrivais pas à m'imaginer prêt un jour à gérer une famille, avec ce poids déjà énorme sur mes épaules. Et encore moins le transmettre à ma progéniture. Dès l'entrée à l'université j'ai demandé à un étudiant en médecine de m'opérer.

Ivy haussa un sourcil.

— Pardon, mais... Es-tu sûr que l'opération a été pratiquée correctement ?

— Compte tenu de mon âge il a utilisé une technique censée être réversible, mais j'ai effectué des tests ensuite, chaque année au début, puis de moins en moins régulièrement, étant trop occupé par mon travail. Et voilà ce qui arrive lorsqu'on se repose sur ses lauriers...

— Je m'étonne tout de même que tu m'aies crue au point de te faire tester, après ce que tu as traversé.

— Tu étais si bouleversée, je ne pouvais pas ne pas te

prendre au sérieux, dit-il d'un ton grave. Et puis il fallait que je sois fixé. Toutefois, s'il te plaît, ne révèle rien de tout ceci à mes parents. Je ne leur ai jamais confié ma panique.

— Bien sûr. Depuis combien de temps étais-tu au Canada lorsque c'est arrivé ? Tu as dit que tu vivais seul pour la première fois…

— Six ans, presque sept.

— Oh ! La plupart des étudiants étrangers que je connais ne sont pas arrivés avant l'âge de quinze ou seize ans… Tu en avais dix ?

— Onze. Lorsque l'opportunité s'est présentée de m'envoyer au Canada, mes parents l'ont saisie au vol. Ils avaient à peine de quoi régler les frais, mais ils ne savaient pas combien de temps cette fenêtre de tir serait ouverte. Au début c'était un moyen d'apprendre l'anglais, mais à mesure que leurs fortunes grossissaient j'ai pu les aider en gérant leurs investissements sur place.

— Comme le manoir de Point Grey ?

— Exactement. Plusieurs œufs, plusieurs paniers : c'est la philosophie de mon père depuis le début. Ma scolarité m'a permis d'obtenir assez vite le statut de résident permanent…

— Mais tu n'étais pas heureux au Canada, fit remarquer Ivy, se remémorant ses paroles de la veille.

— J'étais un peu trop jeune pour partir vivre à l'autre bout du monde. Je voyais cela comme une aventure, mais le choc des cultures a été violent. Une fois bilingue, j'aurais pu leur dire que je préférais rentrer, mais je savais combien ils avaient travaillé dur pour m'offrir cette chance. Mon père a souffert chaque jour de sa vie. Ma mère a passé des années loin de sa propre famille. Je pouvais sûrement supporter un peu de pluie et de fêtes d'anniversaire sans mes cousins, si cela pouvait leur ouvrir plusieurs options dans le futur…

— Tu avais le mal du pays, murmura Ivy.

— Il s'est un peu apaisé avec le temps, mais…

Jun Li haussa les épaules.

— Je savais que je ne serais jamais chez moi au Canada. Ce n'était qu'un endroit où je travaillais pour me préparer à succéder à mon père. La journée que nous avons passée ensemble toi et moi a été sans doute la plus insouciante de mon long séjour dans cette ville. J'ai encore la sensation d'avoir manqué à mon devoir ce jour-là.

— Je ne sais pas trop si c'est un compliment ou un reproche, dans ta bouche.

— C'est une inquiétude que j'ai. Loin de moi l'idée de me plaindre.

Son regard s'embrasa. Ivy se sentit rougir de plus belle. Le moment de passion au cœur de la nuit précédente resurgit soudain entre eux, mais la gouvernante apparut avec un jus de fruits frais pour Ivy et des excuses qu'elle adressa à Jun Li.

— Votre assistant demande si vous avez lu son texto. Il dit que c'est urgent.

Avec une grimace, Jun Li saisit le téléphone dont il avait ignoré les bourdonnements jusque-là et tapota l'écran.

— Hum… Ton père reçoit en ce moment même des sollicitations de la presse. Comme tu ne répondais pas à ses appels ni à ses messages, il a essayé de te joindre à l'hôtel. On lui a répondu que tu étais partie. Il a menacé le directeur de contacter l'ambassade canadienne s'il n'avait pas de nouvelles de toi dans les plus brefs délais.

Il tira de sa poche le portable qu'il lui avait confisqué.

— C'est ma faute, dit-il. Je l'ai éteint pour qu'il ne te réveille pas.

Ivy fixa son téléphone comme si c'était un revolver braqué sur elle.

— Qu'est-ce que je suis censée lui dire ?

Jun Li lui suggéra de s'habiller d'abord et la précéda vers le sous-sol, où l'attendait sa nouvelle garde-robe.

En arrivant au pied de l'escalier, Ivy déboucha dans un

grand salon avec coin cinéma équipé d'un grand écran et de fauteuils aux coussins rebondis. Elle repéra aussi un bar, de l'autre côté de la table de billard. La moitié supérieure d'un mur, entièrement vitrée, donnait sur l'arrière de la piscine, si bien que les reflets du soleil sur l'eau scintillaient jusque sur le sol ici, esquissant des formes changeantes. En se lavant les mains dans le lavabo des toilettes, au lieu de se contempler dans un miroir elle aurait pu communiquer par signes avec des nageurs…

Un enfant trouverait cela très amusant, songea Ivy avec un sourire en coin. Il se laverait les mains souvent… Cette maison était décidément une œuvre d'art. Elle en tombait plus amoureuse de seconde en seconde.

Elle aperçut du coin de l'œil un gymnase équipé d'appareils sophistiqués juste avant d'arriver dans une énième chambre d'amis remplie de portants garnis de vêtements. Jun Li était déjà en train de faire le tri du bout des doigts parmi les cintres.

En temps normal elle détestait qu'un vendeur tente de deviner ce qui pourrait lui plaire. Cela lui fit tout drôle de voir Jun Li prélever une robe, l'approcher d'elle et la replacer sur le portant avant même qu'elle ait eu son mot à dire.

— Attendrais-tu de moi une allure particulière ? demanda-t-elle indignée.

— Non, répondit Jun Li sans s'émouvoir. Choisis ce que tu veux. J'aime faire les magasins, pas plus. C'est mon vice. Au lycée, je n'allais pas aux fêtes. Si j'avais envie de voir du monde je me rendais au centre commercial.

Ivy se remémora soudain son insistance pour visiter la boutique cadeaux de la télécabine à Vancouver. Il lui avait acheté un capteur de soleil en cristal, tout en soulignant qu'elle aurait de la chance si elle attrapait un seul petit rayon en emménageant à Vancouver. Cadeau pour sa future crémaillère. Elle l'avait remercié d'un baiser si passionné que ce souvenir lui collait encore des frissons. Elle avait même projeté de suspendre l'objet dans la chambre du bébé.

— Essaie celle-ci.

La voix de Jun Li l'arracha à sa rêverie. Il tenait une robe droite, sans manches, de style rétro avec un col marin.

— Je m'habille plus classique en général, dit-elle, pensive.

Elle l'enfila néanmoins, lissa l'étoffe sur ses hanches et se sentit aussitôt plus à l'aise avec sa nouvelle silhouette.

— Elle te va bien.

Le regard admiratif de Jun Li la rendit plus consciente encore de ses seins gonflés et de ses hanches un peu plus rondes qu'il semblait apprécier lui aussi. Leurs regards s'accrochèrent. Le pouls d'Ivy accéléra. Dans le noir, il l'avait embrassée comme un mort de faim, crispé, les doigts fichés dans ses fesses, pour faire basculer son univers. Elle s'humecta les lèvres. S'il l'embrassait là tout de suite, elle aurait la preuve qu'il résistait aussi mal qu'elle à la tentation, et se sentirait moins bête après ce qu'elle avait fait la nuit dernière…

Il esquissa un geste pour lui saisir la nuque mais recula brusquement d'un pas. Sa main retomba sur le côté.

— Almeida… Entrez. Ivy, voici ta styliste. Je t'attends à l'étage, dit-il avant de s'éclipser.

Au comble de la gêne, Ivy tenta en vain d'endiguer la rougeur qui lui brûlait les joues. Almeida lui décocha un sourire entendu et entreprit d'appliquer un léger maquillage sur son visage. Puis elle retoucha ses cheveux avec un fer à lisser.

En remontant, Ivy trouva Jun Li en pleine réunion avec une demi-douzaine de personnes autour de la table de la salle à manger. Elle reconnut l'assistant croisé la veille, ainsi que le préposé aux relations publiques qui les entraîna à l'extérieur pour les photographier côte à côte sur une causeuse en osier, sur fond de jardin luxuriant.

— Je croyais que nous devions appeler papa, dit-elle derrière son sourire crispé. À quoi sert tout ce cirque ?

— C'est pour le faire-part.

Elle tourna vivement la tête vers son compagnon.

— Je n'ai rien accepté !

— Pas encore, concéda-t-il. Mais au moins, le moment venu, les photos seront prêtes.

Voilà qu'il revenait à la charge et tentait de lui forcer la main. Pourquoi ? Parce qu'il avait vu jusqu'où allait sa faiblesse lorsqu'il avait fait mine de l'embrasser ? Ou à cause de sa conduite au beau milieu de la nuit ?

Elle serra le poing sous la main de son compagnon.

— Tu tiens tout pour acquis. La nuit dernière ne signifiait pas ce que tu penses.

Jun Li lui lâcha la main et alerta le photographe d'un signe de tête.

— Laissez-nous.

Le photographe s'étant empressé d'obéir, Ivy ne bougea plus, les joues en feu, furieuse, blessée et humiliée, les yeux rivés sur la surface immobile de l'eau dans le bassin. Le silence s'étira, de plus en plus pesant. Jun Li l'observait, elle le sentait tout en se refusant à tourner la tête vers lui.

— Qu'est-ce que je tiens pour acquis, exactement, d'après toi ? demanda Jun Li d'un ton contenu.

Ivy se redressa et s'éclaircit la voix.

— La nuit dernière, c'était la faute des hormones, balbutia-t-elle en jetant un regard autour d'elle pour s'assurer qu'aucun membre du personnel ne pouvait les entendre. C'est comme si j'avais un amplificateur en moi. Si je suis fatiguée, je suis épuisée. Si j'ai faim, c'est une faim de loup. Je fais beaucoup d'efforts pour rester lucide sur ce qui se passe entre nous, mais les larmes viennent très vite, en même temps qu'une envie de crier. Voilà l'effet que me fait la grossesse. Mes émotions débordent. Tu aurais pu être n'importe qui cette nuit.

— Vraiment ?

Avec un petit rire, Jun Li glissa le bras derrière elle sur la causeuse de manière à la tourner vers lui. Puis il lui releva le menton pour qu'elle le regarde en face.

— Si tu veux dire que la grossesse te met en joie au point de réveiller un homme pour lui faire l'amour et de jouir avant même d'être déshabillée, je te prie de croire que je tiens à être celui qui s'endort dans ton lit.

Le cœur battant, Ivy voulut se dégager, mais leurs regards ne se lâchaient plus. Le pouce de Jun Li jouait avec sa lèvre qui en devenait électrique. Elle vit le félin s'éveiller en lui.

— Gardons cela pour notre nuit de noces, dit-il d'une voix traînante. C'est une motivation puissante.

Une fois de plus, elle fut frappée de la facilité avec laquelle il pouvait la prendre ou la laisser alors qu'elle était mûre pour lui tomber dans les bras. Elle se força à sourire à son tour.

— Je ne t'épouserais pas pour ton argent et je le ferais pour ça ? Tu rêves !

Pour toute réponse, Jun Li l'embrassa avec une douceur qui la dévasta. Ses lèvres caressèrent voluptueusement les siennes, encore et encore, réduisant son monde en cendres, effaçant toute pensée rationnelle de son esprit, exactement comme la première fois sur cette plate-forme à mille mètres au-dessus du sol.

Enceinte ou pas, elle fondait. Il avait l'art de l'exalter, de l'anéantir puis de la ressusciter, tout cela dans la même seconde. L'art de la faire sienne, tout simplement. En réalité, que cela lui plaise ou non, elle était à lui depuis le tout premier jour où il avait tendrement effleuré sa bouche.

— Oui, petite fleur, chuchota-t-il sur ses lèvres, je crois sincèrement que tu m'épouseras pour ça, pour une bonne et simple raison…

Un gémissement ulcéré lui échappa. Il ne lui laissa pas le temps de protester.

— C'est ce que je vais faire, moi, acheva-t-il en souriant. Allons vite annoncer la bonne nouvelle à ton père.

6.

L'appel en visioconférence fut passé depuis le bureau de Jun Li, un espace au mobilier minimaliste avec parquet en teck et table de travail ultramoderne. En dépit de ce qu'il avait laissé entendre, Jun Li n'aborda pas le sujet du mariage devant son père. Il resta assis à côté d'elle et la laissa mener l'essentiel de l'échange.

À la nouvelle qu'elle attendait un enfant, son père versa des larmes de joie. Ivy déclara qu'elle réfléchissait encore avec Jun Li à la meilleure façon de s'organiser pour la suite et promit de le rappeler très vite.

En raccrochant, elle n'eut pas la force d'affronter le visage interrogateur de Jun Li. Elle ressortit pour aller s'asseoir au bord de la piscine, les pieds dans l'eau, et tenter de se ressaisir.

Elle savait ce que Jun Li attendait d'elle. Ce que son père attendait. Ce que le monde entier attendrait une fois répandue la nouvelle qu'elle portait l'enfant de Tsai Jun Li. Ce qu'elle-même aurait envisagé, s'il s'agissait d'une situation fictive évoquée dans une discussion de salon…

La réalité était infiniment plus complexe.

Plongée dans ses réflexions, elle entendit à peine la voix de Jun Li.

— Vois-tu quelque chose qui te plaît ?

Qu'est-ce que… ?

Tout à coup une ombre passa devant ses yeux. Elle sursauta et lança le bras dans un réflexe de défense.

Des petites choses s'éparpillèrent dans la piscine avec un

doux tintement de carillon zen, soulevant mille gouttelettes scintillantes. Elle avisa une sorte de petit plateau carré noir flottant à la surface.

— Apparemment non, dit Jun Li en se redressant.

Il retira sa chemise par la tête, aveuglant Ivy par la vision de son torse caramel puissant, de ses petits tétons sombres, des tablettes de chocolat parfaitement dessinées sur son ventre plat.

— Qu'est-ce que c'était ?

— Des bagues.

Il dégrafa sa ceinture, se déchaussa et se retrouva vite en boxer.

— Des… Des diamants ? murmura-t-elle, captant, horrifiée, des reflets argentés au fond du bassin. Pourquoi me les avoir brandis comme ça devant le nez ?

— Pourquoi les avoir balancés dans l'eau ? lui renvoya Jun Li.

Il plongea sans attendre sa réponse.

Il sillonna le fond, jetant la main ici et là, puis il refit surface et récupéra le plateau avant qu'il ne sombre. Deux brasses plus tard, l'objet était au sec sur le rebord près d'elle. Il contenait encore deux bagues bien calées dans leurs compartiments de velours. Jun Li en déposa quelques autres dans le creux de sa main.

— Le bijoutier est-il encore dans la maison ? demanda Ivy mortifiée. Si nous ne les retrouvons pas toutes… Tiens, là-bas, une autre, dit Ivy en pointant un éclat vert sombre.

Jun Li aspira de l'air et partit pour une deuxième virée au fond du bassin tandis qu'elle contemplait, les yeux ronds, les bagues nichées dans sa paume. L'homme ne craignait certes pas de se montrer généreux. Toutes les pierres semblaient au moins des trois ou quatre carats. Outre des diamants, il y avait là des rubis, des émeraudes, des saphirs, ronds ou rectangulaires, en cœur ou en marquise, en princesse, en poire… Plusieurs bagues arboraient un halo de petits brillants qui se prolongeait sur l'anneau en platine. Toutes rivalisaient d'élégance et d'extravagance.

Au terme de deux autres voyages, elle arrêta Jun Li d'un geste.

— Tous les compartiments sont remplis. Il n'en manque aucune, normalement.

— Bien, dit-il en posant un coude sur le rebord près de sa cuisse. Je te repose donc la question : vois-tu quelque chose qui te plaît ? Nous pouvons en faire fabriquer une sur mesure, si tu préfères. Inutile de les jeter par-dessus bord.

— Exquise prévenance, alors que tu n'attends qu'une chose, que je me soumette à ta volonté !

Elle se délesta du plateau et glissa les mains entre ses genoux, le regard perdu vers le bord opposé de la piscine.

— Alors dis-moi ce que nous devrions faire selon toi, répliqua Jun Li. Je suis tout ouïe.

Elle n'en avait aucune idée, et il le savait. Ses confidences ce matin sur son adolescence loin de ses parents l'avaient touchée, c'était indéniable. Elle-même, comment aurait-elle survécu au décès de sa mère sans sa relation étroite avec son père ? Et puis, il y avait cette attirance entre eux, qui semblait plus puissante que jamais…

« Je crois sincèrement que tu m'épouseras pour ça. C'est ce que je vais faire, moi. »

Elle exhala un soupir rageur.

— Vouloir coucher avec moi et vouloir vivre avec moi, ce n'est pas pareil. Tu n'as pas renoué le contact au printemps. Je ne t'intéressais pas. Comment s'engager pour la vie dans ces conditions ?

Pour toute réponse, Jun Li se hissa hors de l'eau sans le moindre effort, d'un seul mouvement aussi athlétique que gracieux, et s'assit à côté d'elle, sa jolie peau dorée ruisselant dans la lumière.

Ivy déglutit et détourna les yeux.

— Ne te sers pas du sexe pour parvenir à tes fins, s'il te plaît. Ce n'est pas digne de toi.

— Ça se discute, répliqua-t-il à voix basse. Parle-moi du type que tu essayais d'oublier quand nous avons conçu ce bébé.

— Quoi ? Non ! Pour quoi faire ?

— Parce que tu es en train de nous comparer. J'aimerais être sûr que l'évaluation est impartiale.

— Je compare seulement la situation. Tu n'as rien de commun avec lui.

Avant tout, l'amour avec Jun Li la bouleversait. Avec Bryant, c'était seulement laborieux, des tâtonnements perpétuels, elle essayait d'être sexy, de mettre un peu d'ambiance, et finalement elle avait la sensation d'avoir simulé d'un bout à l'autre.

— Il a été ton unique amant avant moi, sauf erreur. Et personne ne m'a succédé, puisque j'étais le seul candidat à la paternité. Comment s'appelait-il ?

— Nos relations antérieures n'ont aucune importance. Tu me l'as dit toi-même.

Jun Li la regarda sans prononcer un mot.

— Bryant, marmonna-t-elle.

— Vous vous êtes rencontrés à l'université ?

— Au lycée. Il voulait étudier les sciences de l'environnement. J'admirais ses valeurs.

— Rappelle-moi de te montrer mes éoliennes…

Ivy leva les yeux au ciel.

— Il connaissait ma mère, ajouta-t-elle en fixant de nouveau ses pieds qui battaient l'eau. C'était son orthodontiste. Et la mienne.

Là-dessus, elle exhiba par automatisme le sourire parfait qui lui était invariablement réclamé lorsque ce détail sur sa mère affleurait dans la conversation.

— J'appréciais d'être avec quelqu'un qui avait un souvenir d'elle, même aussi futile, ajouta-t-elle.

— Comme tu ne parlais que de ton père en disant qu'il se remariait, j'en ai déduit que tu l'avais perdue. Je suis désolé.

— Merci. J'avais seize ans. Elle, à peine quarante-neuf. Une voiture l'a renversée sur un passage piéton, une nuit où il pleuvait.

Ivy pensait avoir appris à vivre avec son deuil, jusqu'à sa rupture avec Bryant, d'autant plus rude qu'elle n'avait pas l'épaule de sa mère pour pleurer dessus. Elle aurait rêvé de lui raconter la journée surréaliste passée avec Jun Li. À présent il y avait cette grossesse qu'elle ne pouvait partager, et bientôt un petit visage naîtrait, qui porterait des traces de sa mère. Elle lui manquait plus que jamais aujourd'hui.

— Qu'est-ce qui a provoqué votre rupture ? s'enquit Jun Li.

— Rien, répondit-elle avec un sourire triste. Ou plusieurs petits riens. Il paraît qu'on ne peut comprendre sa vie qu'à l'envers. Eh bien, en regardant en arrière je mesure le nombre de fois où j'aurais dû tout arrêter, mais sur le moment j'avais une vision précise de notre avenir, alors je me suis accrochée, attendant que vienne le jour magique.

— De quelle magie parles-tu ?

— Le mariage. Après la mort de maman, je rêvais d'une famille de nouveau intacte. J'avais la sensation que c'était indispensable à mon bonheur. C'est absurde, dit comme cela, mais…

— Et lui n'en voulait pas ?

— Non. Et je n'ai rien vu. Je pensais que certaines choses nous en empêchaient, les études, entre autres. Nous avons choisi des parcours différents, dans deux universités distinctes. Il y a bien eu rupture, mais pas de nouvelles rencontres ni pour lui ni pour moi, nous communiquions par téléphone, textos… Très vite, nous avons pris l'habitude de sauter dans un avion pour nous retrouver. Sauf que, avec le recul, je sais qu'il venait à Vancouver pour voir sa famille. Je n'étais qu'un bénéfice annexe.

Quelle imbécile, songea Ivy pour la énième fois.

— Je pensais que nous emménagerions ensemble une fois nos diplômes en poche, mais un professeur m'a convaincue de saisir une opportunité à Hong Kong. Bryant a applaudi, disant qu'il voulait décrocher un master nécessitant des recherches sur le terrain. Comme je travaillais et qu'il était encore étudiant, je lui envoyais de l'argent pour ses manuels, son matériel, avoua-t-elle dans un murmure consterné. Dans mon esprit, c'était autant de sacrifices pour assurer nos carrières futures. Nous construisions des fondations solides pour un avenir à deux…

— Est-ce qu'il te trompait ?

— Au risque de paraître plus naïve encore que je ne l'étais, sincèrement, je ne crois pas. Il ne pensait qu'à son travail de recherche. Je dirais que c'était sa seule maîtresse.

Elle esquissa malgré elle un sourire en coin au souvenir du nombre d'heures passées à corriger ses publications, vérifier et revérifier ses données…

— Je ne crois pas non plus qu'il m'ait manipulée consciemment. Il est très autocentré, voilà tout. J'étais une partenaire pratique, jamais dans les pattes, disponible dès qu'il avait besoin d'une oreille critique ou d'une pom-pom girl.

Gênée de s'être à ce point accrochée à une image qui n'existait que dans son imagination, Ivy s'abstint d'évoquer les appels promis et jamais passés, les divers prétextes avancés par Bryant pour annuler ses visites à Hong Kong…

— À mes yeux l'engagement supposait par nature de traverser des tempêtes et de s'accrocher jusqu'à l'accalmie. Pour finir j'ai tenté de remettre un peu de soleil dans notre relation en me faisant muter à Toronto. J'étais surqualifiée pour le poste, mais je tenais à le rejoindre pour lancer notre vie commune.

— Il t'a laissée accepter cette mutation avant de t'annoncer que tout était fini ? Quel goujat !

— Il devait partir deux mois, il lui fallait quelqu'un pour régler les factures en son absence. À son retour, je lui ai demandé franchement si nous allions nous marier un jour. Il a répondu qu'il en doutait. J'ai aussitôt bouclé mes valises et je me suis mise en quête d'un poste à Vancouver. J'ai appelé Kevin pour lui demander conseil. Il m'a invitée à ses fiançailles, je t'ai rencontré, et voilà où nous en sommes.

La fin de non-recevoir de Bryant remontait à quatre mois avant sa rencontre avec Jun Li. La blessure saignait encore. Elle avait jeté le doute sur son pouvoir de séduction, mais aussi sur sa lucidité dans une relation, et sur la confiance qu'elle pouvait à accorder à un homme.

— Quel rapport entre cette situation et la nôtre ? demanda encore Jun Li. Je veux t'épouser, te soutenir et garder notre famille intacte.

— Tu veux surtout que j'organise ma vie en fonction de la tienne. Tu ne me connais pas. Ce n'est pas moi que tu veux, dit-elle en portant la main à son cœur tant cette vérité-là lui faisait l'effet d'un coup de poignard.

— Tu aurais pu accoucher seule et ne jamais m'en parler. Tu ne l'as pas fait.

— Parce que…

— Parce que tu as fait le choix qui te semblait juste pour nous tous, acheva-t-il à sa place. Ce qui prouve ton intégrité. C'est une qualité insigne chez une épouse, non ? Tu es aussi intelligente, drôle, autonome. Je suis navré qu'un autre t'ait sous-estimée. Je ne commettrai pas cette erreur.

Cette promesse la secoua et ouvrit en elle des fissures. L'espoir s'infiltra, grisant…

— Je n'en aurai pas la preuve avant des années, n'est-ce pas ? murmura-t-elle, les larmes aux yeux. Là, qu'est-ce que je te disais ? Tout est amplifié. Je pleure, maintenant.

— Tes peurs aussi, n'est-ce pas ? demanda-t-il doucement, effaçant du pouce une larme avant qu'elle ne dévale sa joue.

— Peut-être.

Il se détourna, hésita, puis :

— Tous aux abris ! lança-t-il en lui présentant de nouveau le petit plateau de bagues.

Ivy se mordilla la lèvre pour masquer le sourire qui lui

venait et baissa les yeux sur les reflets arc-en-ciel saisissants que projetaient les pierres précieuses.

— Ceci me fait juste prendre conscience de nos différences, dit-elle.

— Loin de moi l'idée de t'acheter, Ivy. C'est simplement la vie à laquelle notre bébé a droit. Je ne critique pas celle que tu peux lui offrir, mais je dispose de moyens plus importants. Serons-nous d'accord pour dire que nous voulons l'un et l'autre le meilleur pour notre petit ?

Elle était censée épouser un inconnu qui de surcroît avait déjà chamboulé sa vie. À présent Jun Li voudrait lui faire croire qu'il lui offrait tout ce dont elle rêvait, d'un coup d'un seul ? Avait-il conscience qu'elle voulait simplement être aimée ?

Cela viendrait peut-être avec le temps, même si rien n'était moins sûr. Elle devait penser au bébé, toutefois. Oui, il avait le droit de tisser un lien avec ses deux parents. Jun Li gagnait à être connu, en toute objectivité. Intelligent, ambitieux… Et tout sauf désagréable.

— Celle-ci a été créée par un joaillier de Vancouver, dit-il en prélevant un diamant bleu pur.

Taillée en triangle, la pierre, magnifique, était épaulée d'un double anneau sinueux de diamants blancs.

— Le créateur s'est paraît-il inspiré des sommets enneigés du North Shore qui surplombent la région. Cela t'aiderait peut-être à soigner le mal du pays ?

Huit années de compagnonnage avec un homme qu'elle croyait aimer, et pas une fois il ne lui avait dit une chose aussi gentille, aussi personnelle. Ni offert la moindre bague.

Avant même de comprendre ce qu'elle faisait, Ivy enfila la bague à son annulaire gauche et leva la main bien haut.

Elle était parfaite.

— Vas-tu m'épouser ?

Prise dans l'euphorie capiteuse du moment - assise au paradis, avec à son doigt une œuvre d'art inestimable et à ses pieds un splendide spécimen masculin la suppliant de passer avec lui le reste de ses jours - Ivy se sentit capituler.

Y avait-il seulement débat ? Son choix était fait depuis la seconde où elle avait appris qu'elle était enceinte. Sa première pensée avait été pour Jun Li. Elle se sentait en devoir de l'informer, mais d'autres espérances moins avouables germaient. *Faites qu'il désire ce bébé autant que moi. Faites qu'il nous désire !*

Tout en se sachant capable d'élever seule cet enfant, elle répugnait à le priver de son père. Elle aussi, tenait à connaître mieux Jun Li.

Le destin, au sens où un dieu présiderait à la rencontre de deux âmes, elle n'y croyait pas outre mesure. Néanmoins ce bébé avait surgi à la faveur de hasards invraisemblables. Cela signifiait forcément que sa vie était vouée à se lier à celle de Jun Li, n'est-ce pas ?

À quoi bon résister à l'inévitable ?

— Oui, répondit-elle à voix basse, effrayée, submergée par la gravité et l'ampleur de cette décision.

— Bien.

En douceur, Jun Li l'amena sur ses genoux et l'embrassa, tout à la joie de sceller cet accord. Puis, soudain, l'étincelle de la passion partagée la nuit dernière resurgit. Ivy sentit la preuve de son désir tout contre elle et noua les bras autour de son cou.

Comme il rassemblait ses forces, elle pensa qu'il allait se lever et l'emmener dans son bureau pour…

Il la souleva dans ses bras et sauta dans la piscine, étouffant d'un baiser rieur son cri d'indignation.

7.

Ils venaient d'arriver à Shanghai. Il avait obtenu ce qu'il voulait. Le mariage aurait lieu dans dix jours. Dans la limousine qui approchait du district de Qingpu, Jun Li se répéta que tout allait bien.

Il aurait dû s'en réjouir. La joie était bien là, mais il y avait tant à faire dans l'intervalle ! Sa tête explosait. La séance au gymnase qu'il s'était octroyée après avoir reçu le consentement d'Ivy n'avait guère apaisé son agitation. Restait surtout à terrasser le monstre qui le guettait dans l'ombre.

Il était trop facile de mettre sa tension sur le compte de la frustration sexuelle. Ce soir-là Ivy était partie se coucher avant lui, et il s'était imposé de dormir ailleurs. Il s'était réveillé tôt, le corps en feu, avec en tête l'image des réactions amplifiées d'Ivy… Cette femme, il la désirait jusqu'à en avoir mal. Depuis des mois. C'était encore pire maintenant qu'elle vivait sous son toit. Toutefois, il avait déjà pratiqué l'abstinence par le passé sur de longues périodes sans pour autant se sentir comme une bête traquée.

Le vrai problème était ailleurs, mais il répugnait à le reconnaître, lui qui se voulait fort et responsable, maître de lui-même comme des événements. Constater que la dépression le guettait dès que la situation devenait trop compliquée à gérer le démoralisait. Celle-ci n'aurait pas dû dépasser ses capacités. Le vrai travail revenait à Ivy, tout ce qu'il avait à faire c'était lui assurer un toit, une table et du confort. En outre il s'était passé de médicaments pendant des années…

Il fallait néanmoins se rendre à l'évidence, ce formidable changement dans sa vie avait le pouvoir de le déstabiliser, manifestement. La raison l'invitait à se poser pour faire le point et encaisser le choc.

En attendant, plutôt se trancher la langue plutôt que d'avouer à Ivy que la perspective de se marier et d'avoir un enfant menaçait de le plonger dans la dépression.

Il tourna les yeux vers sa compagne et admira une fois de plus la façon dont le caraco mettait en valeur son décolleté. Ce bébé amplifiait absolument tout, décidément.

— Ma mère a besoin de ta liste d'invités au plus vite, dit-il.

— Pour le banquet ? Il n'y aura que mon père et sa fiancée qui viendra avec ses filles. Les noms, je te les ai donnés.

— Et tes amis ? Ta famille à Hong Kong ?

— Évidemment qu'ils en rêvent, mais ils ne peuvent pas tout laisser tomber et réserver un vol pour la Chine d'un claquement de doigts. Pour un week-end ! En général on économise un peu à l'avance pour ce type de projet, fit remarquer Ivy en lui décochant un regard entendu. Ils viendront me voir plus tard, après la naissance du bébé.

— Pas besoin d'économies. Mon agence de voyages s'occupera de tout. J'ai quelques chambres réservées à l'hôtel. Une fois inscrits il leur suffira de se rendre sur le site. Un séjour de trois nuits, pension complète et vols compris, leur sera offert. Invite autant de personnes que tu veux.

— Hum… C'est très généreux de ta part, mais je ne vais pas faire ce cadeau à toutes mes connaissances. Combien d'invités, de ton côté ?

— La liste de ma mère compte trois cents personnes.

Ivy le fixa une longue minute avant de sortir une tablette sur laquelle elle fixa des oreillettes pour s'isoler.

Ils s'étaient querellés dans l'avion qui les emmenait de Singapour et visiblement elle n'avait pas encore recouvré sa bonne humeur. Il attendit un moment avant de demander :

— Tu te sens bien ? Tu es bien silencieuse.

Elle inspira, retira ses oreillettes et se redressa.

— J'ai besoin de temps pour assimiler toutes ces nouveautés.

— Le mariage ?

— Oui. Je ne sais pas ce que j'en attendais, mais… Le fait de me retrouver sans le moindre revenu me gêne. Cela semble très rétrograde de dépendre de mon mari.

Elle n'avait pas envie de laisser de nouveau un homme régenter sa vie. Cela, il pouvait le comprendre. Il avait comme une envie de réduire en charpie son ex-petit ami pour l'avoir traitée aussi mal. C'était à cause de lui qu'elle n'arrivait pas à lui faire confiance aujourd'hui.

— Je t'embaucherai lorsque tu seras prête à retravailler, promit-il.

— Du népotisme ? Non merci.

— Tu as des qualifications qui seraient bénéfiques pour mon organisation…

— Sans doute, dit-elle avec un sourire forcé avant de tourner les yeux vers le portail devant lequel la voiture venait de stopper. C'est ici que séjournera ma famille ?

— Si cela te convient.

Jun Li se frotta la lèvre. Elle allait de nouveau s'emporter. Mieux valait attendre qu'elle ait découvert l'intérieur pour lancer cette bataille-là.

Les belles demeures de style occidental abondaient dans ce district, mais celle-ci se distinguait par son modernisme raffiné. Elle évoquait des briques d'enfants assemblées de façon aléatoire, mais plaisante.

Une solide équipe de huit employés les accueillit à leur entrée. Le majordome les leur présenta un par un, précisant :

— Lorsque vos invités seront arrivés, nous serons quatre de plus.

— Oh ! euh… Je suis sûre que ma famille trouvera ici tout le confort, dit Ivy. Merci.

Jun Li la regarda traverser le hall jusqu'à un grand salon décoré dans une palette de gris sobre et élégante, rehaussée de légères touches de bleu acier et d'or pâle. Le mur en demi-cercle laissait toute la place à la vue sur les eaux calmes de la rivière.

— Quelle belle maison ! murmura Ivy en sortant sur la terrasse admirer le jardin.

— Ma mère a un talent pour dénicher des propriétés d'exception.

— Ils auront bien plus d'espace que nécessaire. Tes parents viendront dîner quelquefois avec eux, je suppose, dit-elle en découvrant quelques minutes plus tard la salle à manger et sa table de vingt-quatre couverts. Mais… Cinq chambres, tu dis ?

Chacune disposait de sa propre salle de bains, quatre autres personnes pouvaient loger dans le pavillon de la piscine et le majordome avait son propre petit appartement au-dessus du garage. Des pièces étaient réservées pour abriter une nounou et une chambre d'enfant. Partout le mobilier aux lignes épurées créait une ambiance à la fois pleine de style et chaleureuse.

— C'est beau, mais si les dépenses sont astronomiques…

— Pas du tout, assura Jun Li en lui faisant signe de pénétrer dans la chambre de maître.

Comme le reste de la maison, c'était un espace paisible, aux lumières tamisées, qui offrait un panorama sur la rivière à se damner.

— Papa se sentira comme un roi ici, commenta-t-elle.

Jun Li se racla la gorge. Le moment était venu de dévoiler toute la vérité - d'autant qu'une femme de chambre apparut sur le seuil du dressing, s'inclina et demanda si elle devait finir de défaire les bagages plus tard.

— Quels bagages ? demanda Ivy en pénétrant dans le dressing, les sourcils froncés.

Ses modestes affaires venues de Vancouver étaient suspendues à côté des tenues choisies par elle la veille à Singapour. La styliste étant désormais informée de sa taille et de ses goûts, la sélection avait été complétée. Des cartons et des sacs étaient empilés dans le fond et nombre de vêtements portaient encore leurs étiquettes.

— Je croyais que c'était une location pour ma famille ?

Comme il s'y attendait, elle semblait souverainement agacée.

— C'est pour toi, dit-il. Si tu me donnes ton accord, je dirai à mère de finaliser les documents.

— Tu me colles dans une maison ici ? Et tout ce beau discours sur l'importance d'élever notre bébé ensemble, alors ? Et…

— Ivy, dit-il en saisissant sa main qui voltigeait. Jusqu'au mariage seulement.

Elle se dégagea d'un mouvement brusque et croisa les bras.

— Ensuite tu t'installeras ici avec moi ?

— Et moi qui pensais que la surprise t'amuserait…

— Pas du tout ! répliqua-t-elle en haussant la voix. Dis-moi exactement ce qui se passe ici. Je ne passerai pas ma vie à deviner ce que tu as dans la tête au risque de me fourvoyer. J'ai déjà donné, c'était un cauchemar.

— Cette maison est trop éloignée de la ville pour que nous l'habitions à plein temps. Une fois le mariage passé, ma mère te montrera quelques propriétés dans le centre. C'est une décision plus lourde, nous prendrons le temps. L'appartement terrasse où je loge en centre-ville nous suffira dans l'intervalle.

Ces explications parurent l'apaiser quelque peu.

— Donc ceci est bien seulement une location provisoire pour la noce ?

— Non.

Jun Li se cuirassa en prévision de ce qui allait suivre, avant de préciser :

— Puisque je ne peux pas venir te chercher chez ton père à Vancouver, je t'achète une maison ici.

— Pour une simple mise en scène symbolique ? Tu as décidément beaucoup trop d'argent, commenta-t-elle en secouant la tête.

— Ce n'est pas seulement pour le mariage. J'ai demandé

à mère de trouver quelque chose qui nous servirait de refuge durant nos week-ends de libre. Un endroit dans lequel tu pourrais recevoir tes amis étrangers lors de leurs séjours à Shanghai.

— Oh. Un *cottage* au bord du lac, en quelque sorte ?

— C'est ça.

— Je plaisantais, Jun Li ! Tous les *cottages* que j'ai eu l'occasion de visiter contenaient des lits jumeaux de seconde main, pas des œuvres d'art originales, et encore moins du personnel au service des occupants !

— Si tu ne veux pas d'eux, renvoie-les. À toi de juger.

À bout de patience, Jun Li sortit en coup de vent du dressing et se planta devant les fenêtres.

— Ne sois pas ridicule ! dit Ivy en lui emboîtant le pas. Ce n'est pas vraiment à moi ? Parce que j'ignore les conséquences d'une propriété à l'étranger. Je n'ai pas les moyens de rémunérer le personnel. Tu en as conscience, n'est-ce pas ?

Confronté à son animosité, il mesura le chemin qu'il leur restait à parcourir avant de se comprendre l'un l'autre.

— Ivy. J'ai dit que je voulais assumer mes responsabilités envers toi et le bébé. Cela signifie que j'assurerai sécurité et protection pour vous deux, et que j'utiliserai pour cela tous les moyens à ma disposition.

Elle se redressa, l'air inquiet et sur la défensive.

— D'accord. Et… ?

— Et cette maison sera à toi. De plein droit. La somme nécessaire pour son entretien sera stipulée noir sur blanc dans notre contrat de mariage, ainsi que le budget pour tout ton staff. Sur ce contrat figureront aussi la somme allouée pour tes dépenses personnelles, tes parts dans la société et les modalités d'un divorce éventuel. Je vais discuter de tout cela avec mon père en sortant d'ici. Tu auras du temps pour apporter des corrections, mais je te suggère de t'adjoindre un avocat pour vérifier l'ensemble avec toi.

— Voilà qui n'arrangera pas mon image auprès de ta

famille, j'en ai peur. Ils doivent être furieux que je débarque enceinte comme ça, en t'obligeant à m'épouser alors qu'ils ne m'ont même jamais rencontrée, non ? J'avais très peur de te poser la question, ajouta-t-elle d'une petite voix.

— Mes parents sont si heureux que je me sens minable d'avoir renoncé un jour à me marier et à leur donner des petits-enfants. Tu verras.

Il s'approcha d'elle et posa les mains sur ses épaules.

— À présent, pour éviter d'autres surprises, sache que j'ai demandé à l'assistante de ma mère de recruter une équipe équivalente à la sienne pour toi. Après la noce les invitations vont pleuvoir, dans un sens et dans l'autre. Il te faudra une assistante, une secrétaire pour les relations publiques… La styliste tu l'as déjà, et tu voudras sans doute un conseiller shopping…

— Ce rôle n'est pas pour toi ? murmura-t-elle.

Jun Li sourit.

— Tu auras aussi besoin d'une sage-femme et d'un nutritionniste pendant quelques mois, puis d'une nounou après la naissance. Le décorateur de mère peut te donner un coup de main pour la chambre d'enfant, ou pour tout autre changement que tu souhaiterais apporter dans nos résidences.

— C'est… Enfin…

Elle porta les mains à ses tempes, comme prise de vertige. Jun Li lui pressa les épaules. Quelques détails encore, et ce supplice serait terminé.

— Tu auras également ton propre chauffeur et tes gardes du corps. Ils sont hélas nécessaires. C'est la rançon du succès. Quant au personnel à domicile, nous avons quelqu'un qui se charge de tout superviser. En outre…

— Il y en a encore ? gémit Ivy. Arrête, je t'en prie…

— Tu auras ton propre compte en banque une fois que nous serons mariés, mais entre-temps tu peux utiliser librement cette carte de crédit si tu as besoin de quoi que ce soit.

Il en tira deux de sa poche de chemise, les parcourut rapidement et rempocha la sienne avant de lui tendre l'autre.

Ivy baissa les yeux sur l'objet et avala sa salive.

— C'est une carte du genre « exclusivement sur invitation ». Avec crédit illimité. J'en ai vu une à Hong Kong une fois. Comment as-tu fait pour t'en procurer une si vite avec mon nom dessus ?

— J'ai un service de conciergerie. Un coup de fil a suffi. Elle m'attendait à l'aéroport tout à l'heure. Il y a aussi un téléphone neuf ici, avec le numéro de ma ligne directe enregistré. Je vérifierai avant de partir. Puis-je annoncer à mère que cette maison te convient ? Ou as-tu des objections ?

— Elles seraient toutes du même style : tu es sûr d'être sain d'esprit ? répondit Ivy d'une voix faible.

— Très sain. Toi en revanche, tu sembles épuisée. Prends l'après-midi pour te reposer et te faire chouchouter par le staff. J'amènerai mes parents un peu plus tard.

— Tu es vraiment obligé de partir ? demanda-t-elle en oscillant légèrement vers lui, une invitation hésitante dans ses yeux écarquillés.

Il aurait été si facile, et peut-être même revigorant de l'entraîner vers le lit pour se perdre dans les délices de la passion, mais sa vie venait d'exploser et se dispersait en tous sens. Il fallait à tout prix en garder le contrôle. À la seule idée de lâcher prise cet après-midi, l'angoisse montait, la tension gagnait tout son corps.

Une spirale malsaine s'amorçait. Il allait devoir trouver le temps d'une visite chez son médecin au milieu de cette journée déjà surchargée. C'était frustrant et humiliant pour le perfectionniste qu'il était, mais il n'avait plus le choix.

— Oui, je dois partir, répondit-il.

Mais, le moyen de s'en aller sans un baiser, sans un léger avant-goût… ? Il posa les mains en coupe sur ses joues… ainsi il ne la toucherait pas ailleurs. Et s'efforça de se limiter à un gentil baiser d'adieu. Seulement la bouche d'Ivy s'ouvrit comme une fleur sous la sienne et une langue chaude vint caresser ses lèvres en une invite explicite.

Il se sentit instantanément durcir, submergé par une vague de désir. Il prit possession de sa bouche, lui fit l'amour avec sa langue. Une envie folle lui vint d'arracher leurs vêtements et de plonger en elle encore et encore, jusqu'à l'anéantissement final. Non pas avec la sensualité précautionneuse et attentionnée qu'elle méritait, mais comme un animal, sauvagement, avec une rage qui les laisserait essoufflés, en sueur et rassasiés.

Il rejeta brusquement la tête en arrière, désarçonné par la fragilité de son sang-froid. Ses mains retombèrent, il recula d'un pas.

Ivy tremblait, les paupières lourdes, le souffle court. Elle mordilla les lèvres qu'il avait laissées luisantes et gonflées.

— Qu'est-ce qui ne va pas ? murmura-t-elle presque timidement, visiblement blessée.

Dieu que c'était difficile de se retenir. Ravalant un juron Jun Li se raccrocha à la première idée sensée qui lui vint.

— Je dois être capable de regarder ton père en face.

— Ma sexualité n'est pas la propriété de mon père, répliqua-t-elle sèchement.

— Tout de même, il vaudrait mieux patienter jusqu'au mariage.

— Allons ! Mon père sait comment sont faits les bébés. Il couchait avec maman avant de l'épouser.

— Et comment son père à elle a pris cela ?

— Mon grand-père ne l'a jamais su… Leur situation était différente. Cela ne gênait pas ma grand-mère qu'ils couchent ensemble. En revanche, elle était furieuse qu'ils se soient mariés sans sa permission. Elle pensait à un autre mari pour ma mère.

— Au Canada ?

— À Hong Kong. Elle a emmené maman là-bas chez des amis pour qu'elle fasse sa connaissance, mais en son absence maman a rencontré papa. Grandma disait que ce n'était qu'une attraction physique, ajouta-t-elle en pinçant les lèvres.

La voyant aussi nerveuse, Jun Li sentit le sol se dérober sous ses pieds. Est-ce qu'elle craignait que le désir se soit envolé, sous prétexte qu'il ne la renversait pas tout de suite sur le lit ? Dieu sait s'il en avait envie. Toute sa volonté n'était pas de trop pour l'en empêcher. Cela saperait le barrage qui retenait tout le fatras d'émotions refoulées naguère pour survivre. En se contenant, il la protégeait elle et leur avenir, en plus de se protéger lui-même.

— Que s'est-il passé ? demanda-t-il, ayant complètement perdu le fil.

— Grandma a tenté de les séparer en ramenant maman à la maison. Papa l'a suivie puis épousée en douce. D'après Grandma c'était seulement pour pouvoir émigrer. Pourtant ils s'aimaient, affirma-t-elle avec conviction en s'approchant des fenêtres.

Voilà comment elle envisageait son propre mariage, songea Jun Li. Cela expliquait sa gravité un peu triste aujourd'hui. Elle cherchait à se rassurer avec la passion qui les liait et devant ses dérobades, elle se retranchait dans le silence.

En somme, il lui avait volé une chose qu'il était tout sauf sûr de pouvoir lui offrir. Il tenait à ses proches, sans doute finirait-il par chérir Ivy comme il chérissait le reste de sa famille, mais ce qu'elle voulait c'était le grand amour romantique, le vrai, celui qui traversait les océans, défiait les parents et venait à bout de tous les obstacles parce que c'était dans sa nature irrésistible…

Il enfonça les mains dans ses poches de pantalon, le goût amer de l'échec en bouche.

— Ton père est sûrement en phase avec sa belle-mère ces jours-ci, inquiet quant à mes motivations. Je dois faire les choses comme il faut, dans l'ordre, Ivy.

— Bien sûr. Très bien. Fais ce que tu as à faire, je t'attendrai ici comme une petite fille sage… Non, je retire ce que je viens de dire, dit-elle en agitant la main. J'ai une peur bleue, Jun Li. Du personnel… Une maison… J'apprécie toutes ces attentions de ta part, mais comment suis-je censée réagir ? J'étais tout excitée en apprenant que mon nouveau poste comportait un titre…

Jun Li se détendit légèrement. Il s'aperçut alors qu'il avait envie de la serrer contre lui et de l'embrasser pour leur apporter à tous deux du réconfort. Il n'aimait pas l'idée de la quitter sur une discorde.

— Tu finiras par t'habituer… Veux-tu que je dise au majordome que tu te reposes ? proposa-t-il en s'éloignant vers la porte, le cœur lourd.

— Merci. Jun Li ?

Son cœur fit une embardée. Il se retourna. Et son souffle se bloqua. Il avait devant lui une des plus jolies femmes qu'il avait jamais vues. Elle portait les cheveux lâchés autour du visage, son menton pointait avec cette adorable obstination qui le charmait tant. Par contraste avec le vert mousse de la robe étroite aux épaules, échancrée sur la poitrine, puis évasée autour de ses genoux délicats, sa peau semblait du miel éclaboussé de soleil.

— Tu sais ce que je vais t'offrir en cadeau de mariage, n'est-ce pas ?

— Hum… Un bébé ?

— Un mixeur à smoothies…

Il mit deux secondes à se remémorer que c'était le cadeau qu'elle avait choisi pour Kevin, tandis qu'il offrait une maison à son vieil ami. Qui sait pourquoi, cette plaisanterie légère le fit sourire toute la journée.

— Votre tension est un peu haute, déclara la sage-femme le matin de la noce. Vu les circonstances c'est compréhensible, mais il faudra la surveiller.

Les jours avaient filé dans une effervescence étourdissante.

Réunions, interviews, essayages et repas avec des amis et les deux familles, tous venus de l'autre côté du globe et tous se réjouissant pour eux… Plusieurs personnes l'avaient même prise à part pour lui souffler qu'elle avait beaucoup de chance.

En effet. Si elle n'avait pas vu souvent son futur mari seul à seule, il s'appliquait à aplanir une difficulté après l'autre sur son chemin avant même qu'elle les repère. Ils échangeaient souvent par texto. Un matin, il lui avait envoyé un lien sur un blender en inox de 900 watts.

Apparemment ce serait parfait aussi pour préparer de la nourriture pour bébé ?

Elle l'avait acheté avec sa propre carte de crédit en dépit de son coût extravagant et expédié dans son appartement terrasse avec une note :

Prépare du *congee*. Et dis-moi.

La réponse n'avait pas tardé.

Je m'en servirai tous les jours.

Un marivaudage bien agréable…

Il n'empêche, même après avoir appris les noms de ses cousins et entendu des histoires de son enfance, Ivy avait encore le sentiment de se marier à l'aveugle. Les quelques réticences qu'elle avait laissées échapper avaient été aussitôt balayées par ses interlocuteurs. C'était Tsai Jun Li, tout de même ! Il était riche, il était beau, il la chouchoutait au point d'avoir renvoyé un de ses cadres en apprenant qu'il avait fait des remarques désobligeantes sur la future mariée enceinte avant la noce. Ne voyait-elle pas que toutes les femmes du monde l'enviaient ?

Elle avait tellement plus avec Jun Li qu'avec Bryant. Était-ce si grave que l'amour manque à l'appel ? Il viendrait avec le temps… N'est-ce pas ?

Il était trop tard pour changer d'avis, de toute façon. Vêtue pour la cérémonie d'une modeste *qipao* rouge, elle se sentait si nerveuse qu'elle craignait de délester de leurs pétales les roses rouge sang de son bouquet avant l'arrivée de Jun Li.

Un frémissement lui parvint du rez-de-chaussée. Elle s'avança vers l'escalier au moment où il pénétrait dans le hall. En veste Tang rouge ornée de broderies et pantalon noir, il était irrésistible. Ses mains tremblèrent de plus belle…

Son regard pénétrant la cherchait. En levant la tête, il se figea, comme si sa vue lui coupait le souffle. Le silence se fit autour d'eux. Elle descendit les marches et s'avança vers lui dans un état second. Il entremêla leurs doigts et attira leurs mains enlacées contre sa poitrine.

— Prête ? demanda-t-il.

— Oui, souffla Ivy.

Plus tard, au bureau des affaires civiles, leurs vœux furent prononcés en présence de leurs parents respectifs, dans une atmosphère très solennelle. Dépassée par la portée des engagements qu'ils prenaient l'un envers l'autre, Ivy éprouva toutes les peines du monde à articuler son texte. Jun Li lui pressa la main au moment de prendre la parole à son tour, comme pour graver chaque mot dans sa peau, son sang. Le baiser des jeunes mariés, bref, léger, acheva de dissiper ses appréhensions. Cela semblait si juste. Comment imaginer que cela puisse ne pas l'être ?

De là, ils se rendirent dans la belle villa du Bund de style Beaux-Arts où habitaient les parents de Jun Li. Ils procédèrent à une cérémonie du thé pour servir leurs parents, en signe de respect. Ivy reçut ensuite de Mo Chu, la mère de Jun Li, un magnifique collier en or composé de liens découpés en feuilles de lierre, certaines pleines, d'autres ajourées, ce qui donnait au bijou une légèreté, une délicatesse insignes. Il s'accompagnait d'un bracelet et de boucles d'oreilles assorties.

— Je chérirai toujours ce présent, déclara Ivy, éblouie.

Elle portait déjà un bijou de cheveux qui avait été porté par sa mère et sa grand-mère le jour de leurs propres noces. Son père le lui avait apporté en même temps que des pièces de monnaie rares et des statuettes en jade qu'il avait collectionnées au fil des ans exprès pour en faire don un jour aux parents de son gendre.

Après un léger repas, ils gagnèrent l'hôtel, où on les installa dans une suite somptueuse au dernier étage. La styliste d'Ivy avait sa propre chambre, dans laquelle étaient disposées les différentes tenues pour le banquet. Elle l'aida à enfiler une *qipao* sophistiquée, garnie d'une longue traîne de soie, brodée de fils d'or et de fleurs colorées sur le côté. À sa sortie, Jun Li l'attendait. Il s'était changé lui aussi et portait une tunique nuptiale rouge différente, aux broderies assorties aux siennes. Lorsqu'ils firent ensemble leur entrée dans la salle de bal, la vague d'excitation qui parcourut la foule des cinq cents invités faillit emporter Ivy…

Ils firent halte à chaque table pendant le dîner, se prêtant au jeu des présentations et des toasts. Ce cérémonial dura des heures. À plusieurs reprises, ils s'éclipsèrent pour se changer, comme le voulait la tradition. Chaque fois, Ivy découvrit de nouveaux bijoux offerts par Jun Li, qui de son côté enfilait une veste assortie à sa propre tenue.

Lorsqu'elle se présenta en robe de mariée à l'occidentale, un collier de diamants autour du cou, il troqua de son côté sa veste chinoise pour un smoking blanc. Puis vint une robe rose sombre, écrin parfait pour des rubis d'un magenta intense. Il endossa alors une veste bordeaux sur une chemise noire. Ensuite ce fut une robe de sirène jaune d'or, rehaussée de saphirs étincelant comme des pétales sur sa poitrine, tandis que Jun Li paradait en veste safran à col Mao.

Une fois les discours terminés, Ivy se coula dans une robe de cocktail sans manches en velours bleu nuit. Sa styliste ajouta un collier et des boucles d'oreilles assortis à sa bague de fiançailles en diamants bleus et blancs.

— Tu es superbe, à croquer, dit Jun Li en baissant la tête pour déposer un baiser sur son épaule nue.

À chaque entrée dans l'ascenseur, il n'avait pas manqué

de lui adresser un compliment tandis qu'elle le remerciait à profusion pour les bijoux. Cette fois pourtant, elle se borna à lui décocher un pâle sourire. Ses pieds souffraient le martyre, les sourires forcés à répétition avaient endolori ses joues. Elle n'avait plus qu'un filet de voix, et il restait encore à prendre congé de tout le monde en distribuant les petits cadeaux d'usage.

— Tout va bien ? demanda Jun Li en lui pressant le coude.

— Juste un peu de fatigue. Mais je pourrai rester au lit toute la journée demain au besoin.

— C'était mon plan.

Ivy baissa la tête, les joues toutes chaudes.

Elle avait le trac à l'idée de refaire l'amour avec Jun Li, mais quel plaisir de l'entendre exprimer un semblant d'enthousiasme… En dépit de l'envie intense qui l'avait submergée à Singapour, il s'en tenait depuis à quelques baisers très sages. Les moments d'intimité étaient rares depuis leur arrivée ici, parents et amis les entourant en permanence, mais cela l'inquiétait qu'il n'ait même jamais tenté d'aller plus loin. Le désir semblait à sens unique.

— Mesdames et messieurs, le marié vous a concocté une petite surprise, annonça une voix au moment où ils revenaient dans la salle de bal.

Le plafond s'ouvrit, révélant le ciel nocturne.

Alors que l'assemblée bruissait de murmures charmés, les premières fusées s'élevèrent en chuintant telles des étoiles filantes vers le firmament. Une musique s'éleva, rythmant les explosions et les jeux de lumière. Les applaudissements crépitèrent…

Ivy, le nez en l'air, savourait le spectacle dans les bras de Jun Li. C'était beau, mais le toit se rétrécit peu à peu bien avant le bouquet final. Le bras de Jun Li se resserra sur sa taille. Trop fort peut-être ? L'oxygène n'irriguait plus ses poumons.

— Ivy !

La voix de son mari résonna à des millions de kilomètres.

8.

Ivy s'effondra dans ses bras, la tête ballante. Saisi de peur, Jun Li la souleva de terre et scruta la foule en quête d'un médecin. Quelques têtes se retournèrent. Son oncle maternel, médecin généraliste de profession, accourut.

— Elle a vu la sage-femme ce matin, tout allait bien, lui dit Jun Li.

D'un geste, son oncle lui indiqua le dais. Un rideau avait été installé derrière le podium pour créer des coulisses à l'intention des orateurs. Jun Li déposa Ivy sur le sol tapissé de moquette juste derrière, à l'abri des regards.

Elle battait des cils, complètement désorientée.

— Qu'est-ce que… ?

— Laisse-le te prendre le pouls, dit-il comme elle tentait de dégager le poignet que tenait son oncle.

Celui-ci l'interrogea sur d'éventuels saignements ou contractions, autant de questions qui glacèrent le sang de Jun Li.

— Non, non, tout va bien. Je n'ai pas mangé depuis cet après-midi, avoua-t-elle d'un air piteux.

— Il y avait de quoi grignoter dans la chambre, dit Jun Li qui ne s'en était pas privé à chaque changement de costume, persuadé qu'elle en faisait autant de son côté.

— Je ne voulais pas risquer de salir mes robes.

— Ce ne sont que des habits, marmonna-t-il.

Il la revit s'asseyant pour une retouche coiffure ou maquillage pendant qu'il enfilait une nouvelle veste.

— La sage-femme m'a recommandé de m'hydrater, mais

nous avions tellement d'invités à rencontrer, ajouta-t-elle d'un ton d'excuse. Je n'allais pas m'absenter toutes les cinq minutes... Je me sens bien, je t'assure. Je paie sûrement cette course folle toute la semaine. Maintenant je crée un incident en pleine fête, je me sens ridicule.

Son oncle l'aida à se redresser en position assise.

— Des vertiges ? demanda-t-il.

— Non. Je suis mortifiée, c'est tout.

Un serveur surgit, téléphone en main, et demanda à Jun Li s'il fallait appeler une ambulance.

Jun Li l'envoya aussitôt chercher une boisson tonifiante.

— Tu aurais dû me dire que tu ne te sentais pas bien, dit-il à Ivy en s'agenouillant près d'elle.

— Il m'est arrivé plusieurs fois de jeûner en voyage ou en bouclant un dossier. Je ne me suis jamais évanouie pour autant.

— Votre bébé use toutes vos ressources à présent, répliqua l'oncle de Jun Li d'un ton sévère. Vous devez prendre davantage soin de vous.

— D'accord, promit Ivy.

— J'y veillerai, renchérit Jun Li.

— Pourrions-nous retourner là-bas maintenant ? Avant que tout le monde s'imagine que le problème est sérieux ? Oh ! papa, tout va bien ! s'écria-t-elle en levant les yeux par-dessus l'épaule de Jun Li, qui s'effaça aussitôt.

La musique s'acheva sur un concert d'explosions, mais les manifestations de joie cessèrent très vite. L'inquiétude était palpable dans la foule. Jun Li passa de l'autre côté du rideau et attendit que s'estompent les derniers accords pour prendre la parole au micro.

— Ivy ressent la fatigue de la journée. Nous sommes très honorés et reconnaissants du temps que vous nous avez consacré aujourd'hui, mais nous n'allons pas tarder à nous retirer.

Ivy le rejoignit à cet instant sur le podium, éveillant des sourires radieux dans le public qui se mit à applaudir, manifestement soulagé.

— Je vais bien, dit-elle, exhibant la boisson lactée qu'elle tenait à la main. Je tiens à saluer chacun et chacune d'entre vous à présent.

Elle avait repris des couleurs, mais Jun Li lui fit apporter une chaise afin qu'elle reste assise pendant le défilé des invités. Personne ne s'attarda de trop et les futures belles-sœurs d'Ivy se chargèrent à sa place de la distribution des sacs en forme de chaises à porteurs contenant les petits présents, confiseries maison, oranges, baguettes rouges gravées au nom des mariés, pendentifs dorés arborant le symbole du double bonheur et autres souvenirs.

— Je me suis dit que tu aimerais peut-être un remontant.

Jun Li détourna enfin les yeux d'Ivy. Kevin lui tendait un verre de whisky.

— Merci.

En dépit des nombreux toasts portés en leur honneur aujourd'hui, il n'était même pas éméché. S'il évitait en général l'alcool, dépresseur naturel, il accepta néanmoins le whisky et savoura l'amertume de la première gorgée.

— Merci aussi d'avoir interrompu ton voyage de noces pour être des nôtres aujourd'hui, ajouta-t-il.

— Nous n'aurions manqué cela pour rien au monde. Rejoignez-nous donc à Bora Bora tous les deux. Quelques jours de repos feraient du bien à Ivy. À toi aussi, peut-être ?

Kevin était la seule autre personne à connaître l'épisode peu glorieux de la grossesse de sa petite amie, des années plus tôt. Son ami était aussi le seul à comprendre la pression qu'il s'imposait depuis l'adolescence et les responsabilités qui pesaient sur ses épaules aujourd'hui. Il savait que sa volonté de réussir comportait un côté obscur - le moindre échec le terrassait.

Carla, la jeune épouse de Kevin, bavardait avec Ivy. Beaucoup d'invités étaient déjà repartis, les autres discutaient en petits groupes dans la file. Jun Li entraîna Kevin à l'écart.

— J'avais vu la fatigue sur son visage, mais elle disait

que tout allait bien. J'aurais dû écouter mon instinct, dit-il, furieux contre lui-même.

— Logique, commenta Kevin avec un petit rire. Connaissant Ivy… Ton instinct, toujours affûté, n'est pas en cause. Du temps où je travaillais avec elle à Hong Kong, j'ai très vite vu que les collègues aimaient venir pleurnicher dans son bureau pour qu'elle fasse le boulot à leur place. Elle me rappelle ma sœur. Incapable de fixer des limites et de dire non.

Comme lorsqu'un homme lui demandait de venir dans sa chambre d'hôtel ? songea Jun Li, le cœur à l'envers.

— Tu lui feras du bien, indépendant comme tu l'es. Rien à voir avec ce vampire qui lui a fait rater une promotion à Hong Kong pour la jeter ensuite. Quel sinistre crétin ! ajouta Kevin avec une moue de dégoût. Mais son malheur était censé faire mon bonheur. C'est pourquoi je vous ai présenté le jour de mes fiançailles. Je voulais trouver un poste pour Ivy dans mon cabinet. En passant, merci d'avoir fichu en l'air ce beau projet en l'enlevant.

Si Kevin lui avait confié tout cela à l'époque… Dans un flash, Jun Li imagina où il en serait maintenant. Ivy aurait été zone interdite et rien de tout ceci ne serait arrivé. La gorge très sèche tout à coup, il s'octroya une lampée brûlante de whisky.

— Lorsque je l'ai revue il y a quelques semaines, reprit Kevin, je comptais tâter le terrain pour la recruter. Et puis elle m'a demandé si tu venais à notre mariage, d'un air détaché… Elle jouait les décontractées, mais la comédie ne m'a pas convaincu une seconde. Vous vous fréquentiez depuis tout ce temps, vous deux ?

Jun Li s'humecta les lèvres.

— Pas exactement.

— Hum.

— Écoute… Tu sais pourquoi j'évitais les relations sérieuses. J'avais déjà suffisamment de pression.

Son instinct ne l'avait pas trompé là non plus. Il redoutait de tomber en dépression si la responsabilité d'une femme et d'un enfant lui tombait dessus. Ce sentiment de ne pas être à la hauteur le hantait depuis des jours.

— Je sais, dit Kevin en lui tapant sur l'épaule. Ivy me rappelle peut-être ma sœur, mais tu es comme un frère pour moi. Je veux que tu sois heureux, Jun Li. Ivy peut te donner cette joie dont tu as besoin. À condition que tu la laisses faire.

Il aurait dû répondre : « je le suis déjà ». Le jour de son mariage… Mais il ne savait pas ce qu'était le bonheur. Il lui était même difficile de se dire content. Ses succès lui valaient de brefs moments de satisfaction, comme aujourd'hui jusqu'au malaise d'Ivy.

Il s'en voulait tellement de ne pas l'avoir vu venir. Distrait, il pensait à la réaction d'Ivy lorsqu'il avait évoqué le projet de rester au lit toute la journée. Seule la perspective de lui faire l'amour lui avait permis de tenir le coup dans cette folle semaine. Une fois devenue sa femme, elle serait sienne. Il avait tellement hâte ! Or elle avait semblé assez partagée, de son côté…

Il n'était pas près de lui forcer la main, surtout au vu de son épuisement.

À cet instant Ivy leva les yeux. Son sourire vacilla lorsqu'elle découvrit la tête qu'il faisait, plongé dans ses sombres réflexions. Puis elle aperçut Kevin, et son visage s'éclaira. Kevin prit congé de Jun Li et s'avança vers elle.

Quelqu'un s'approchant pour lui dire un mot, Jun Li se concentra sur ses devoirs d'hôte tout continuant à ruminer en secret.

En arrivant à l'appartement terrasse de Jun Li, tout proche de l'hôtel, Ivy se sentait encore penaude de s'être donnée en spectacle. Pour ne rien arranger la timidité l'assaillait à l'orée de sa nuit de noces. Elle était prête à explorer une connexion plus profonde et intime après une semaine de travail incessant tristement dénuée de romantisme, mais la perspective de refaire l'amour la mettait bêtement mal à l'aise.

Tout avait changé depuis leur première fois. À commencer par elle. Leur relation, aussi. À Vancouver elle s'était sentie son égale, en dépit de la décapotable racée et de la chambre de luxe. Savoir qu'elle ne le reverrait pas atténuait alors l'enjeu. À présent leurs vies étaient irrévocablement liées. Ce qui se passerait entre eux ce soir aurait des répercussions demain et tous les jours suivants.

Et si ce n'était pas comme à Vancouver ? Si la passion était à sens unique, si elle se ridiculisait comme l'autre nuit à Singapour, avec ses sensations décuplées ?

Les yeux noirs de Jun Li ne la lâchaient plus depuis son malaise. Elle avait l'impression qu'un mur s'était dressé entre eux. Que faire ?

Le majordome leur présenta les rafraîchissements préparés à leur intention. Jun Li le renvoya ensuite. Ils étaient complètement seuls dans l'appartement.

Ivy se laissa choir sur le canapé et observa son mari qui lui préparait un bol de soupe.

— Est-ce que tu es en colère contre moi ? demanda-t-elle en acceptant l'assiette qu'il lui tendait.

— C'est à moi que j'en veux. J'avais vu que tu étais fatiguée.

Il s'assit à côté d'elle, pointa du doigt son pied, puis se tapota la cuisse.

Docile, Ivy se tourna pour caler ses picds sur les genoux de Jun Li. Puis elle dégusta sa soupe au délicieux parfum de gingembre tandis qu'il dégrafait ses chaussures et les lui retirait pour masser délicatement, à travers la soie bleue des bas, le dessus de pied meurtri par les lanières.

— Pourquoi porter des chaussures trop petites ?

— Mes pieds ont gonflé à force de me porter toute la journée.

— Il faut me le dire, si je t'en demande trop, soupira Jun Li.

Il déplaça ses mains pour presser doucement l'arche.

Le contraste entre la douleur et le soulagement, vif, intense, lui donna l'impression d'être punie et chouchoutée en même temps. Elle ravala un grognement.

— Je me disais sans arrêt que ce ne serait plus très long…

— C'est ce que tu pensais aussi avec ton ex ? dit Jun Li en repliant doucement ses orteils en avant, en arrière. Qu'il suffisait d'endurer encore un peu son mépris ?

— Ce n'était pas pareil, protesta Ivy, qui se liquéfiait à mesure que ses pieds se détendaient.

— Je t'ai promis de ne pas ignorer tes besoins. Je serai plus attentif avec toi à l'avenir, petite fleur, mais j'ai besoin de ton aide. Je ne suis pas télépathe.

Sur une pression plus ferme que les précédentes, elle ne put retenir un gémissement de plaisir et douleur mêlés. Ses paupières battirent. Elle s'endormait.

— C'est si bon, là…

— Termine ta soupe.

Il poursuivit son massage tandis qu'elle buvait à petites gorgées, fit rouler ses chevilles et monta plus haut sur la jambe. Le temps de vider son bol, elle avait fondu comme neige au soleil.

— Veux-tu que je te fasse couler un bain ?

— Quelle bonne idée !

Ses épaules et son décolleté avaient été parsemés de paillettes nacrées pour accompagner la robe. Elle mourait d'envie de se nettoyer et de quitter aussi ces faux cils, et tout ce maquillage pesant…

Jun Li ayant disparu dans le hall, elle s'approcha pieds nus de la table pour se préparer une assiette de canapés à déguster avec lui dans le bain.

Lorsqu'elle le rejoignit, il était en train d'allumer des bougies flottantes dans les bols remplis d'eau disposés sur les trois marches menant à la baignoire. L'eau bouillonnait déjà, exhalant un arôme apaisant de lavande.

— Tu as faim, commenta-t-il en lui prenant l'assiette des mains pour la poser sur une étagère à portée de la baignoire.

— C'est pour nous deux.

Elle lui tourna le dos pour lui présenter sa fermeture Éclair.

Le silence qui suivit cette remarque l'incita à lever les yeux vers le miroir.

Jun Li, le visage fermé, abaissait lentement la fermeture Éclair. Enfin, elle put de nouveau respirer profondément. Il faisait chaud dans la salle de bains, pourtant elle frissonna et serra frileusement la robe contre sa poitrine.

— Tu ne comptes pas te joindre à moi ?

— Tu es fatiguée. Rien ne presse, répondit-il avec désinvolture, comme s'il se fichait bien qu'ils refassent l'amour un jour.

Cela faisait un mal de chien. Cette dernière semaine, Ivy n'avait cessé de compter les minutes qui la séparaient de leurs retrouvailles et de ce moment où elle découvrirait si la passion à l'origine de ce bébé flambait encore entre eux.

Elle s'approcha du lavabo et retira ses faux cils, puis se mit en devoir d'ôter les épingles de ses cheveux. Dans le mouvement, sa robe glissa jusque sur ses hanches.

Jun Li lui tournait le dos, penché sur les robinets. Elle se hâta de se débarrasser de sa robe et la jeta sur le dossier d'une chaise pour enfiler ensuite le kimono de soie drapé là à son intention avant que Jun Li ne voie ce qu'elle portait en dessous, mais la salle de bains était truffée de miroirs. Jun Li en tournant la tête capta son reflet du coin de l'œil et pivota vivement vers elle en marmonnant un juron.

— Quoi ? dit-elle, le cœur serré.

Elle affecta le plus grand naturel en rabattant les pans de soie sur les sous-vêtements qu'elle avait choisis pour lui plaire. Dieu sait que ce n'était pas pour son confort à elle !

Au moment de nouer la ceinture, toutefois, une pointe d'audace soudaine l'incita à suspendre son geste. Le kimono entrouvert, elle contempla son reflet, la tête inclinée.

— J'ai choisi du bleu pour aller avec la robe. C'est joli avec le collier, non ?

Le soutien-gorge sans bretelles tenait plutôt du bustier,

avec ses bonnets de satin bleus et la dentelle blanche du corset enserrant les côtes au-dessous. Plus bas encore elle portait une petite chose tout à fait indécente du même bleu, garnie d'un porte-jarretelles de dentelle blanche qui tenait les bas presque noirs sous cet éclairage tamisé.

— Si tu avais vu l'effet, avec les chaussures…

Elle se hissa sur la pointe des pieds, notant du coin de l'œil l'extrême attention qu'il lui prêtait. Des ombres creusaient ses joues, lui donnant un petit air sauvage. Un frisson la parcourut. Une délicieuse sensation de danger et de triomphe à la fois la gagnait.

— Mais rien ne presse, n'est-ce pas ? lança-t-elle en retombant sur ses pieds.

Elle s'apprêtait à refermer le kimono lorsqu'il surgit dans son dos tel un ange exterminateur et noua les doigts aux siens, l'emprisonnant dans le cercle de ses bras. Prise au piège, mais un piège doux, léger - mis à part le regard farouche dans le miroir qui croisait le sien.

— J'essayais de me montrer prévenant, gronda-t-il.

— Je te le dirai, si je ne suis pas d'attaque.

— Vraiment ?

L'allusion à son malaise tout à l'heure ne lui échappa pas.

— Vraiment, affirma-t-elle en se rembrunissant.

Comme pour la mettre à l'épreuve, Jun Li libéra la ceinture et ouvrit lui-même le kimono avant de contempler longuement le reflet de son corps exposé face au miroir.

Enflammée par le désir assez flagrant sur son visage, Ivy se frotta contre lui en lui décochant un regard de défi. Il haussa un sourcil.

— Me le diras-tu aussi, si tu es d'attaque ? demanda-t-il d'une voix un peu rauque.

— Cette lingerie parle d'elle-même, non ?

Elle s'essayait à l'humour, mais il la buvait toujours des yeux dans le miroir.

— Je crois que je préférerais l'entendre, dit-il d'un ton

d'une douceur trompeuse, laissant vagabonder ses doigts sur sa taille nue, puis sous un sein. Pour être tout à fait sûr.

— Je le suis, chuchota-t-elle, distraite.

Ses seins déjà gonflés se chargeaient de tension sous les caresses légères. Les pointes se pressaient douloureusement contre les bonnets de satin…

— Tu veux quoi ? Des caresses ?

Le pouce jouait plus haut sur le sein, tandis que l'autre main dégageait ses cheveux du décolleté.

— Des baisers ? suggéra-t-il encore en apposant la bouche sur sa nuque.

Les genoux d'Ivy se mirent à flageoler.

— Oui. Les deux. Tout.

— Oh. Prends garde à ce que tu attises là, petite fleur…

Ses dents lui égratignaient le cou, faisant courir des frissons jusque sur son cuir chevelu. D'instinct, elle se laissa aller contre lui. Il cueillit un sein dans sa paume, pinça légèrement la pointe à travers le bonnet. Cela suffit pour qu'un sanglot s'étrangle dans sa gorge.

Aussitôt il voulut retirer sa main, mais elle la recouvrit de la sienne.

— Ils sont très sensibles, dit-elle. Vas-y doucement, c'est tout.

— Très sensible, tu dis ?

Il traça du doigt des arabesques légères au-dessus du bord du bonnet tout en lui mordillant le lobe de l'oreille, lourd du diamant bleu qui y était accroché.

— Alors, murmura-t-il, je ne te sucerai pas les seins. Je me contenterai de les goûter et de souffler dessus.

Ivy ferma les yeux, grisée par cette promesse capiteuse. Elle tenta de se retourner, mais il ne la laissa pas faire.

— Tu as mal ? Tu veux que j'arrête ? demanda-t-il.

Elle battit des paupières et capta son sourire étincelant dans la glace.

— Tu sais bien que non.

— Alors ?

— Alors, continue. Touche-moi. Montre-moi ce que tu veux, dit-elle avec une témérité qui l'étonna elle-même.

— Je veux tout de toi. Je veux ceci, dit-il en posant la main sur son sexe d'un geste possessif. Je veux te sentir fondre et t'entendre crier mon nom.

Sous la pression, elle palpitait déjà de désir.

— Ouvre les jambes, ordonna-t-il à voix basse.

Elle obéit, les yeux rivés comme lui à l'image d'une impudeur folle que renvoyait le miroir. Les doigts déliés s'invitèrent sous la culotte, au cœur du cadre de dentelle formé par le porte-jarretelles. La tête lui tourna…

— Tu respires encore, petite fleur ? Il ne faudrait pas que tu défailles à nouveau.

Électrisée, Ivy geignit d'impatience. Il parcourait avec une lenteur délibérée ses chairs à vif, s'attardait dans sa moiteur intime, en s'appliquant à majorer ses sensations. Un grondement de satisfaction lui chatouilla l'oreille.

— Depuis des mois je te veux… Depuis cette nuit-là… Je ne pensais plus qu'à te sentir trembler, sentir tes ongles me griffer le corps, encore…

Griffer, vraiment ? Une de ses mains était là-haut, accrochée au cou de son mari, l'autre lui agrippait le bras. Il était toujours en chemise. Le tissu rêche offrait des sensations très stimulantes à travers la soie dans son dos.

— Bouge avec moi, murmura Jun Li, cajolant la source même des ondes de plaisir déferlant partout dans son corps. Montre-moi comment te faire exulter.

Impossible de résister à ces commandements. Les fesses collées à lui, elle se mit à onduler des hanches et vit alors ses joues à lui s'empourprer dans le miroir. Elle l'excitait donc à ce point ! Son propre désir s'accrut d'autant, rendant ce petit jeu plus brûlant, plus érotique encore…

Elle rendit vite les armes, se laissa emporter par le courant devenu furieux et vola en éclats dans ses bras, son prénom au bord des lèvres.

9.

Pour la seconde fois ce soir, Jun Li souleva Ivy dans ses bras.

Elle n'était plus un poids mort contre lui, juste une femme alanguie de plaisir, les bras noués autour de son cou. Comme elle lui offrait ses lèvres, il prit le temps de les dévorer sans retenue. Elle gémit et répondit à son baiser avec un égal abandon, pressant sa nuque pour l'encourager à intensifier son baiser.

Il était si excité qu'il aurait pu la prendre là sur le sol, mais il était exclu que leur mariage soit consommé sur les carreaux durs d'une salle de bains. Il s'arracha à sa bouche, cap sur la chambre. Il la déposa sur le lit et entreprit de se dévêtir frénétiquement.

— N'enlève pas ça, enjoignit-il comme elle détachait une agrafe sur ses reins.

— Tu aimes ce que je porte, on dirait ?

Accoudée sur le lit, elle fit remonter sa main sur un genou, provocante en diable, jusqu'à l'ourlet de la culotte.

— Ceci ne peut s'enlever si je garde le porte-jarretelles.

Là-dessus, elle défit la seconde agrafe.

— Laisse-moi faire alors, répliqua-t-il d'une voix méconnaissable.

Il se sentait sombrer dans une sorte d'obsession barbare, étrangère à toute raison. Le fameux lâcher-prise tant redouté… Il dut mobiliser tout ce qui lui restait de sang-froid pour rester un être civilisé.

Il la fit rouler sur le ventre, frôlant l'apoplexie à la vue de ses fesses crémeuses et rebondies soulignées de dentelle blanche et satin bleu. L'envie lui vint de mordre dedans à belles dents. Hissée sur les coudes, Ivy lui jeta un regard espiègle par-dessus son épaule en balançant doucement un pied.

— Tu te rends compte du pouvoir que tu me donnes ? Si j'érafle la voiture ou si je fais brûler les cookies je m'achèterai un string avant de t'en parler.

— Érafle toutes mes voitures !

Enfin nu et affamé d'elle au point de trembler de la tête aux pieds, il s'agenouilla sur le matelas pour contempler la silhouette souple qui hantait ses fantasmes depuis des mois. Enfin, il pouvait la toucher de nouveau ! Il promena les doigts sur la soie couvrant sa cheville, sa jambe, sa cuisse, caressa toute la peau nue qu'il put trouver entre la jarretière du bas et la dentelle de la culotte. Elle se trémoussa et cambra les reins sous sa main.

La tentation était forte de se coucher sur elle tout de suite pour l'embrasser, la lécher, la posséder. Tout cela était possible maintenant. Il avait toute la vie pour explorer avec elle les mille et une manières dont ils pouvaient se rendre fous l'un l'autre. Cela tenait du vertige…

Il prit tout son temps pour dégrafer un par un la douzaine de crochets retenant le corset, savourant ses trémoussements à chaque contact de ses doigts.

— Je veux te dévorer toute crue, murmura-t-il, baisant la peau dévoilée à mesure, de la nuque aux reins.

— Cesse de me faire languir, je n'en peux plus ! gémit-elle.

Il se mit à rire, mais s'aperçut soudain qu'elle restait sur les coudes comme pour ne pas peser sur ses seins. Alors il acheva de dégrafer le porte-jarretelles et la retourna sur le dos, envoyant valser le corset.

— Douloureux ? demanda-t-il en effleurant le côté d'un sein.

— Un peu… C'est bon d'être libérée de ce carcan, dit-elle en s'étirant comme une chatte.

Dieu ! Qu'elle était belle. Le bronzage de l'été s'estompait, mais ses seins nus restaient dorés avec en leur centre des bourgeons brun pâle, fermes et insolents comme des bonbons offerts à la tentation. Il se souvint de justesse de sa promesse d'y aller doucement, et se borna à en humecter un du bout de la langue avant de souffler délicatement dessus.

Voyant qu'elle serrait les jambes comme pour tenter de se protéger de l'intensité des sensations, il glissa une cuisse en travers et s'émerveilla de la douceur du bas sous sa jambe, du petit pincement d'une attache s'enfonçant dans sa peau.

N'y tenant plus, il se hissa sur elle. Comme elle retenait son souffle il scruta son regard, un peu inquiet, et n'y lut que du désir. Une sensation de puissance l'envahit. Tiens, tiens... Elle aimait donc se sentir un peu contrainte ? Il se ferait une joie de la contenter.

Calé sur les coudes pour alléger son propre poids, il saisit ses poignets et les bloqua de chaque côté de sa tête. Puis il referma les jambes autour des siennes et la maintint ainsi prisonnière, impuissante, alors qu'elle tentait de se cabrer contre lui.

— Tout doux, petite fleur...

Il l'embrassa sur les lèvres, le menton, avant de se redresser légèrement pour admirer encore ses seins épanouis et frémissants.

— Ils sont à moi maintenant, murmura-t-il. Je vais les empêcher de souffrir de mon mieux.

— Et ça, c'est à moi ? répliqua-t-elle en se frottant contre son sexe tendu.

— Tout à toi.

D'un coup de reins, il se pressa contre le satin qui protégeait encore sa chair tendre, gonflée et si brûlante qu'il eut comme un vertige.

— Mais d'abord, dit-il encore, je vais faire le tour du propriétaire.

Joignant le geste à la parole, il lui lécha la gorge, le décolleté, chatouilla du bout du nez un téton, puis l'autre, les agaça de la pointe de la langue, jusqu'à ce qu'elle geigne et s'agite sous lui, essayant d'échapper à sa prise.

— Je suis prête, souffla-t-elle. Tu n'es pas obligé de…

— Oh ! Que si.

Il se redressa à genoux, gardant ses jambes captives entre les siennes.

Quelle vision elle offrait ! Sensuelle, les cheveux épars autour d'elle, les bras indolents sur le drap, les seins dressés, le ventre frémissant… Elle le regardait aussi, et ce regard aigu qui glissa sur lui et s'arrêta sur son bas-ventre lui brûla la peau. Elle se pourlécha. Ce fut la goutte de trop…

Il avait prévu de prendre son temps pour la dépouiller de ce chiffon de dentelle, l'exposer un centimètre après l'autre. Il n'en avait plus la force. Il allongea la main et arracha la lingerie fine, emportant un bas dans le mouvement.

Elle ouvrit les jambes, puis les bras, mais il fallait absolument qu'il retrouve d'abord sa saveur incomparable. Alors il se laissa glisser le long du lit et enroula le bras autour de sa cuisse pour mordiller sa chair tendre. Les doigts enfouis dans sa tignasse, Ivy étouffa un cri au premier contact de la bouche de Jun Li contre son sexe offert, si chaud, si accueillant…

Il s'y serait attardé des heures, toute la vie peut-être, mais elle était plus que prête à l'accueillir. Ivre de son odeur, il reprit place au-dessus d'elle.

Pas de préservatif, songea-t-il comme la pensée le traversait, un vieux réflexe. Ivy était à lui, il était à elle. Entre eux, rien d'autre que les flammes de la passion.

Il se pressa en elle. La chair douce résista à peine, il se trouva vite aspiré, avalé par le paradis, et toute sa volonté ne fut pas de trop pour canaliser son énergie au moment où l'instinct le poussait au contraire vers un abandon sauvage, sans entraves. Il aurait voulu se graver en elle pour l'éternité. C'était comme ça depuis le début, et le besoin était encore plus violent maintenant.

Maintenant elle était sienne, et il fallait qu'elle le sache.

Paradoxalement, cette retenue qu'il s'imposait rendit le moment plus intense encore. Il tremblait sous l'effort, le corps tendu comme un arc dont les douces mains et les cuisses puissantes d'Ivy excitaient la corde. Il sentait sur son épaule son souffle heurté, et sa chaleur, sa merveilleuse chaleur, l'enveloppait d'un plaisir comme il n'en avait jamais connu.

— Plus loin, haleta-t-elle. Ne t'arrête pas, Jun Li. Continue… Ah !

Son cri de bonheur déchira le silence et désintégra les ultimes vestiges de son sang-froid. Il se redressa sur les bras et rejeta la tête en arrière pour se donner tout à elle sur un ultime coup de reins.

Ivy s'éveilla quelques heures plus tard, les yeux tout collés sous le maquillage. Mais quel bien-être dans son corps fourbu ! Elle se dégagea mollement du bras de Jun Li pour se lever. Les attaches du porte-jarretelles qu'elle portait encore lui chatouillaient les cuisses. Elle le laissa tomber sur le carrelage en entrant dans la salle de bains.

L'eau avait refroidi dans la baignoire, mais la plupart des bougies brûlaient encore. Sans se donner la peine d'allumer, elle actionna la tirette pour vider l'eau avant d'aller se brosser les dents. Puis elle s'enduit le visage de crème démaquillante et passa sous la douche. La voix grave de Jun Li lui parvint alors qu'elle offrait son visage au jet tiède.

— Besoin d'aide là-dedans ?

— Toujours ! répondit-elle en se frottant les yeux.

Elle se retourna vers lui comme il la rejoignait dans la vaste cabine vitrée. La lueur des chandelles émaillait d'éclats argentés sa joue et le duvet de son torse.

— Tu es couvert de paillettes, c'est ma faute, dit-elle en les frottant avec la main.

— C'est sûrement la magie du sexe dans le mariage, dit Jun

Li qui avait les cheveux en bataille et les paupières lourdes. Espérons que cela ne parte jamais.

Ivy eut un petit rire, qu'il étouffa d'un baiser.

Ils entreprirent de se savonner l'un l'autre. Elle le sentit vite devenir dur comme l'acier contre son ventre. Voilà qui promettait un nouveau prodige… Mais soudain il se figea et retira la main de son ventre, les yeux rivés sur son nombril.

— Il commence à s'arrondir, je sais, dit-elle.

— J'étais trop distrait par tes dessous sexy pour le remarquer tout à l'heure.

— La styliste s'est donné beaucoup de mal pour le cacher.

— Pourquoi ? Ces formes épanouies te vont si bien. Tu es plus séduisante que jamais, dit Jun Li, laissant glisser ses mains savonneuses jusqu'à ses seins pour les englober en douceur. Ce bébé n'en est que plus réel.

Ivy retint un rire incrédule.

— Le test de paternité ne t'a pas mis la puce à l'oreille ?

— Je l'ai donné à mes parents sans le lire. J'avais déjà toutes les preuves nécessaires, d'un point de vue rationnel, précisa-t-il avec un geste vers sa tête.

Son visage était étonnamment sombre dans la vapeur dorée par la lueur des bougies. Ivy fut aussitôt en alerte.

— Tu… Tu es content, pour ce bébé ? demanda-t-elle d'un ton hésitant, tant elle redoutait la réponse.

— Je suis encore sous le choc, avoua-t-il avec candeur, traçant distraitement des ronds dans les bulles sur ses hanches. Je suis inquiet aussi, pour toi et pour lui. Je réfléchis constamment à tout ce qui doit être réglé avant sa naissance. Je n'ai aucune idée du père que je vais être, et c'est le genre d'incertitude, de fragilité, qui me rebute toujours. Je préfère en général les obstacles qui se surmontent avec un peu de lecture. Or il n'y a aucun moyen de se préparer à ce qui nous attend.

Ce n'était pas la joie effusive qu'elle espérait, mais le discours était honnête et lui donnait tout au moins un aperçu des pensées de son mari.

— Et toi ? demanda-t-il. Heureusc ?

Ivy hocha vigoureusement la tête et esquissa un sourire ému.

— Dès la première seconde, malgré la peur, et même en sachant que tu serais furieux.

— Déconcerté, rectifia Jun Li.

— Il était clair pour moi que j'allais devoir me débrouiller seule, mais j'ai toujours voulu avoir un enfant un jour. J'étais heureuse que tu en sois le père. Je ne regrettais rien de notre nuit ensemble, je ne pouvais donc pas regretter qu'elle se soit soldée par un bébé.

Elle se mordit la lèvre avant d'ajouter :

— C'était un prétexte en or pour te revoir. J'en avais envie, j'avoue.

— Moi aussi, dit Jun Li en détournant les yeux. Mais je ne me voyais pas partager ma vie avec quiconque. Je ne voulais pas te donner de fausses idées. Ceci…

Il esquissa un geste vers la vapeur qui les enveloppait.

— Ce mariage pour des raisons pratiques… Je peux répondre à tes besoins et t'offrir une belle vie, mais pour ce qui est de correspondre à l'homme que tu souhaiterais… Rien n'est moins sûr et cela m'inquiète.

— Tu parles… d'amour ?

— Oui.

Ivy en eut la chair de poule. Ces dernières heures, elle avait commencé à croire la merveille à portée de main. Voilà qu'elle disparaissait hors de vue…

— Rien ne t'oblige à être autre chose que toi-même, dit-elle bravement, pour se convaincre autant que pour convaincre Jun Li. Un mariage n'est pas un projet avec objectifs et étapes, réglé comme une horloge une fois engagé. C'est quelque chose qui se construit peu à peu…

À ces mots Jun Li se détendit.

— Vais-je devoir en apprendre davantage sur ta profession pour établir un parallèle entre notre mariage et une analyse de conformité ? demanda-t-il en souriant.

— Oh ! Jamais il ne ressemblera de près ni de loin à mon métier de rabat-joie ! J'explique aux grands patrons qu'ils ne peuvent pas faire ceci ou cela au risque d'un procès, on me demande aussitôt de sortir parce que je gâche la fête… Tu es bien placé pour le savoir, ajouta-t-elle en lui pinçant le ventre, déterminée à alléger l'ambiance.

— Le déni plausible leur est trop utile, dit Jun Li, songeur.

— Je détiens pourtant des informations intéressantes. Par exemple, je sais que l'on n'est pas censé discuter travail pendant la nuit de noces. La loi exige d'autres choses…

— Vraiment ? Instruis-moi, dans ce cas. Je m'en voudrais de négliger une directive.

Leurs regards se scellèrent. Et la joie jaillit de nouveau.

Jun Li cueillit sa joue humide dans sa paume et l'embrassa, tendrement, profondément, effaçant toute pensée autre que l'envie de toucher, de goûter et de s'imprégner du plaisir qu'ils se donnaient l'un à l'autre.

Elle referma calmement les doigts autour de sa verge sous la pluie de gouttelettes chaudes.

— Viens, je vais te montrer, dit-elle en l'entraînant vers le banc de douche.

Là, elle s'assit, le prit en bouche et l'entendit qui feulait en plaquant les mains sur la paroi vitrée. Dans la vapeur croissante qui tissait un cocon de brume autour d'eux, elle caressa ses cuisses, ses fesses dures, et se régala de le disloquer tout à fait.

Un peu plus tard, il la ramena sur le lit et en fit autant avec elle. À deux reprises.

Ils s'endormirent enfin après cela, puis ils refirent l'amour au réveil. Les jeux érotiques tendres et enchanteurs se poursuivirent toute la journée suivante, chacun s'immergeant dans l'autre à tour de rôle. Il s'écoula une éternité avant que la peur que son mariage ne comble pas toutes ses aspirations revienne hanter Ivy.

Jun Li évitait de mélanger travail et vie privée, dans son souvenir il avait convié une unique petite amie à quelques galas de charité. Il s'attendait à ce que la présence d'Ivy à ses dîners professionnels le distraie et l'oblige à partager son attention. Ce fut tout le contraire.

Son épouse se révéla un atout maître pour nouer des contacts à chaque événement professionnel où ils se rendirent ensemble. Elle glissait sans effort du bavardage de bon ton aux discussions plus consistantes, souvent tenues en plusieurs langues. Et ses suggestions lui étaient utiles. Comme celle émise pendant le vol retour vers Singapour, après une réunion portant sur un projet portuaire.

— J'ai cru comprendre qu'une partie du projet était financée avec de la cryptomonnaie. À ta place, je vérifierais les termes de tes contrats financiers en la matière. L'UE a durci ses réglementations. Les amendes pour non-conformité sont salées.

Ayant suivi ce conseil, Jun Li avait découvert une erreur susceptible de grever lourdement le budget en cas de contrôle. Il avait aussitôt remplacé le cadre fautif par un autre plus minutieux, attentif comme Ivy aux moindres détails.

Lors d'un passage à Hong Kong, elle le présenta au président de la banque dans laquelle elle s'était taillé une réputation de sérieux et d'honnêteté scrupuleuse, ayant recommandé un jour le renvoi d'un *trader* arrogant qui avait tenté d'esquiver ses audits. Elle avait ainsi épargné à la banque un scandale préjudiciable. Le président regrettait encore qu'elle ait choisi de déménager au Canada plutôt que d'accepter la promotion qu'il lui avait offerte.

— Merci de nous avoir présentés, lui dit Jun Li lorsqu'ils regagnèrent la villa qu'il possédait sur les hauteurs du pic Victoria. C'est pour moi une connexion précieuse. Les vieilles fortunes tendent à regarder de haut les jeunes entrepreneurs, la méfiance règne. À présent ma légitimité ne fera plus aucun doute.

— Oui, confirma Ivy en souriant. C'est précisément la raison pour laquelle j'ai tenu à vous mettre en relation.

Son visage s'était arrondi depuis quelques jours, il arborait la mine radieuse évoquée dans les livres de grossesse. Ses rondeurs attiraient le regard des hommes. De dos elle ne semblait même pas enceinte, juste divinement roulée.

— Est-ce que nos pensées se rejoignent ? demanda-t-elle en posant les mains autour de son ventre rond. Ce soir les avis étaient unanimes, vu la façon dont le bébé est placé, ce sera un garçon.

— Nous pourrions interroger le médecin, dit Jun Li en jetant sa veste sur un dossier de chaise.

— Où serait le plaisir ?

Jun Li se demandait surtout où était le plaisir en général dans cette histoire. Il n'en souffla mot, cela aurait été cruel. Plus la grossesse devenait visible, moins il pouvait nier sa paternité imminente. Ce n'était pas son intention, pas vraiment, mais s'il se laissait aller à songer aux bouleversements à venir, il avait le sentiment de ne plus rien contrôler. Tout lui filait entre les doigts…

Ivy s'intégrait sans effort à sa vie, certes. Un bébé, ce serait une autre paire de manches. En dépit de ses recherches frénétiques sur le sujet, il ne se sentait toujours pas prêt. Il commençait même à se dire que ses lectures alimentaient au contraire les nuages noirs qui s'amoncelaient à l'horizon, menaçant de l'avaler.

— S'il te plaît ?

Ivy s'était tournée pour lui présenter son dos et tenait ses cheveux relevés.

Il lui ôta son collier, abaissa la fermeture Éclair de sa robe et déposa un baiser sur sa nuque.

— Ça va me manquer, dit-elle.

— Quoi donc ?

— Toi. Nos voyages ensemble. Être mari et femme… C'était comme une lune de miel.

Elle l'avait en effet accompagné un peu partout en Asie. Tout juste l'avait-il laissée seule une nuit ou deux à l'occasion de déplacements plus courts. Elle attaquait toutefois le troisième trimestre et la sage-femme avait décrété que ce voyage non essentiel serait le dernier.

— Je vais regretter d'avoir reporté notre voyage de noces après la naissance…

— Ce n'est pas ce que je voulais dire. J'avais juste envie que tu saches combien j'aime ta compagnie, expliqua-t-elle avec un sourire un peu gêné tout en cherchant son regard.

Elle aussi, elle allait lui manquer. Voilà ce qu'il aurait dû lui répondre, mais il n'avait aucune envie de s'appesantir sur les émotions à venir.

— Tu es fatiguée, dit-il, se remémorant les petites siestes qu'elle s'octroyait dès qu'elle en avait le loisir. Il est temps que tu commences à te reposer.

Ivy hocha la tête à contrecœur puis releva les yeux vers lui avec ce petit air espiègle qui l'enfiévrait à tout coup.

— Je ne suis pas fatiguée à ce point, dit-elle en l'entraînant vers le lit.

Tant mieux, car son appétit pour elle semblait insatiable. Un appétit réciproque, ce qui était éminemment gratifiant. Pour son confort, pendant l'amour elle se plaçait sur lui depuis quelque temps. Qu'importe la position, l'amour avec Ivy le transportait dans une euphorie qui le laissait vidé et béat.

Ce soir-là encore, le contact de sa peau moite après l'amour l'emplit de bien-être. Il n'osa pas bouger de peur de la réveiller, malgré les cheveux qui lui chatouillaient la joue.

Il sentit un petit coup contre sa hanche et entendit Ivy retenir son souffle. Elle avait le bras en travers de sa taille, elle ne pouvait donc l'avoir frappé.

C'était le bébé qui s'en était chargé.

— Tu as senti ça ? demanda-t-elle avec un petit rire,

cherchant sa main pour l'amener sur son ventre. Notre petit gymnaste m'a réveillée !

— Hum. Pas étonnant que tu sois épuisée, à vouloir nous fabriquer un futur médaillé d'or.

La gorge serrée, Jun Li quitta le lit.

— Essaie de te rendormir, ajouta-t-il. Je vais boucler un dossier ou deux.

Elle gémit, visiblement déçue mais approcha un oreiller de la place qu'il avait occupée et soupira avant de se rendormir instantanément.

Il se morigéna aussitôt. C'était ridicule de se laisser perturber par une chose aussi naturelle, mais il se voyait déjà triste de la quitter après leur retour à la maison. Être attaché à ce point à la présence d'Ivy chaque nuit l'inquiétait.

Mieux valait reprendre sa vie de voyageur solitaire avant de ne plus pouvoir l'envisager sans se sentir amputé d'un membre.

Trop tard. Lorsqu'il partit pour New York après l'avoir installée dans son appartement terrasse de Shanghai, l'angoisse le prit à la gorge et ne le lâcha plus. Les jours passant, la sensation d'évoluer dans une gélatine molle se précisa. Il n'avait toujours pas attaqué son traitement. Tout le problème était là. Rebuté par les effets secondaires désagréables des cachets, il avait fait exactement ce qu'il avait reproché à Ivy : il avait serré les dents, luttant contre une nervosité croissante, doutant de tout et de lui-même au premier chef, et tenu bon quelques jours, puis d'autres encore, dans l'espoir que cela passerait.

Ses symptômes s'étant apaisés une fois la noce passée, il avait cru pouvoir les maîtriser. Mais rien à faire, Ivy lui manquait terriblement. À son âge ! Et après dix semaines de mariage seulement…

Le besoin de se dédoubler pour être à deux endroits en même temps le déchirait. C'était intenable. Trop douloureux. Ses responsabilités pesaient lourd, avec l'expansion en vue dans l'aéronautique il ne pourrait pas déléguer grand-chose. La plupart des décisions importantes reposaient sur lui, et son sentiment de dépendance vis-à-vis d'une femme n'en était que plus oppressant. Voilà pourquoi il avait fait une croix sur une vie de famille jusque-là.

En outre il avait parfaitement conscience qu'il se serait épargné bien des tracas, à commencer par ces moments d'absence préoccupants pendant cette réunion de travail aujourd'hui, en prenant ces maudits cachets dès qu'ils lui avaient été prescrits.

— Monsieur ?

Son assistant lui tapota l'épaule en exhibant son téléphone. Un appel d'Ivy.

— Je dois répondre, dit-il à la cantonade en se levant pour quitter la salle. Allô ?

— Navrée de t'appeler en journée, dit-elle d'une voix fatiguée. Mais je t'avais promis de le faire si je ne me sentais pas bien.

— Qu'est-ce qui se passe ? Tu as prévenu la sage-femme ?

— Elle est ici. Elle dit que ma tension est un peu haute et que ce n'est pas normal vu que j'étais simplement en train de lire. Elle n'est pas trop inquiète, mais elle souhaite que j'aille passer quelques examens à la clinique par précaution. J'ai mal à la tête aussi. J'ai dû attraper un virus quelconque…

— Veux-tu que je revienne ?

— Non, tout ira bien, j'en suis sûre. Je ne voulais pas te faire peur, simplement t'informer…

— Ivy.

Son cœur battait la chamade. Le reste du monde s'était comme figé autour de lui, il respirait avec difficulté.

— Qu'est-ce que je peux faire pour toi là, tout de suite ? dit-il. Sois franche.

Il y eut une pause si longue, qu'il crut un instant à une coupure de la ligne. Puis Ivy demanda posément :

— Pourrais-tu rentrer à la maison s'il te plaît ?

Jun Li ferma les yeux.

— Je rentre, dit-il d'une voix mal assurée, se répétant

instantanément les mensonges qu'elle venait de lui servir, tout irait bien, sûr et certain. Je te fais signe une fois dans l'avion. Et toi, tu me donnes des nouvelles dès que tu en as.

— J'ai l'impression de faire des histoires pour trois fois rien. Tu es sûr que ça ne te dérange pas ?

— Tout à fait sûr.

En un sens, il se réjouissait d'avoir un prétexte pour aller la retrouver. Sauf que c'était le pire de tous. Il savait combien cette demande coûtait à Ivy. Elle ne s'y était résolue que parce qu'elle sentait, tout au fond d'elle, que quelque chose ne tournait pas rond.

— À tout bientôt, petite fleur.

— D'accord. Merci, répondit-elle d'une voix éteinte qui ne lui ressemblait pas du tout.

Jun Li raccrocha et retourna dans la salle du conseil le temps de s'excuser et d'annoncer qu'il ne participerait pas aux réunions et présentations suivantes prévues cette semaine-là. La contrariété se peignit sur les visages autour de lui, mais Jun Li n'en tint aucun compte, découvrant au passage qu'il se moquait bien de ce qu'on pensait de son départ.

Deux heures plus tard, installé à bord de son jet privé qui venait d'atteindre sa vitesse de croisière, il contacta Ivy par texto. La réponse lui parvint quelques secondes plus tard.

Ils m'ont diagnostiqué une prééclampsie.

Jun Li se connecta aussitôt à Internet. Après une quinzaine de minutes de recherches, il se leva, passa dans sa cabine privée et retira la capsule sécurité enfant de ses antidépresseurs.

10.

Repos complet obligatoire.

Ç'aurait pu être pire. Voilà ce qu'Ivy se répétait en boucle. C'était un cas de prééclampsie modérée. L'hospitalisation n'avait pas été nécessaire, mais elle avait pour consigne de ne pas bouger de son lit sauf pour s'étendre sur le canapé ou une chaise longue sur la terrasse, toujours allongée sur le côté gauche, de boire des milliers de litres d'eau et de donner si souvent des échantillons de sang à la sage-femme qu'elle se faisait l'effet d'être une pelote à épingles. Une échographie était prévue chaque semaine, et elle devait porter un doppler fœtal à différents moments de la journée afin de s'assurer que la situation ne dégénérait pas et de rassurer tout le monde.

Deux semaines déjà s'étaient écoulées. Jusque-là tout se passait bien. Difficile néanmoins de ne pas penser à cette complication possible : un accouchement prématuré. Il était question de déclencher le travail à trente-quatre semaines. Elle entrait aujourd'hui dans sa trentième. Chaque minute passant offrant une meilleure chance à leur bébé, elle faisait son possible pour gagner ce temps indispensable.

Cela impliquait de supporter quatre semaines encore le visionnage de *sitcoms* niaises et la lecture des romans d'amour mis de côté sur sa liseuse au fil des années. Chaque jour son père se proposait de sauter dans un avion, mais pour quoi faire ? Pour arpenter la maison de long en large et lui taper sur les nerfs, comme son époux ?

Jun Li se refusait à parler du bébé. Ou même à parler au

bébé. La veille, comme il l'avait surprise en train de chanter à son ventre, elle l'avait invité à en faire autant, ou bien à expliquer au bébé quelle maman un peu folle il avait. Il s'était dérobé, prétextant un coup de fil à passer auquel Ivy n'avait pas cru une seconde. Pourquoi avait-il menti, lui si droit et attentionné d'habitude ? Tout portait à croire qu'un mur s'était dressé entre eux au moment du diagnostic. Du temps où ils voyageaient ensemble elle commençait à croire à un amour naissant entre eux. À présent, elle se demandait avec tristesse si Jun Li éprouvait un sentiment quelconque pour elle.

Elle ruminait ces idées noires en faisant semblant de lire lorsque son époux justement entra dans la chambre. La voyant éveillée et plongée dans un livre, il sortit son ordinateur.

— Va donc travailler, dit-elle, exaspérée par cette attitude étrange et assez incompréhensible.

— Je travaille, répliqua-t-il.

Mais il repoussa son ordinateur et se leva pour aller regarder par la fenêtre.

Il semblait incapable de se concentrer, en réalité. Où était passée son efficacité coutumière ? Son agitation était palpable, il ne dormait pas mieux qu'elle, il mâchait un antiacide plusieurs fois par jour.

— Je suis contente que tu ne voyages pas, dit-elle, mais tu pourrais au moins aller au bureau. Il te faut deux petites heures à peine pour rentrer. Je peux m'installer dans l'appartement terrasse si tu veux.

— La sage-femme et la clinique sont à deux pas de cette maison. Tu dois rester ici, de mon côté je me débrouille pour gérer mes dossiers à distance. Cesse d'essayer de résoudre un problème qui n'existe pas.

— Je suis un problème bien réel et je culpabilise, marmonna Ivy en regonflant l'oreiller sous sa joue.

— Pourquoi ? Tu as fait quelque chose pour provoquer cela ?

— Non ! Mais on ne peut rien y faire, ni toi ni moi, et le fait que tu traînes dans la maison ne changera rien.

— Ivy…

Il vint se poster près du lit, les mains sur les hanches.

— Je suis adulte et tout à fait capable de décider seul si je vais au bureau ou si je reste ici auprès de ma femme. Si tu veux que j'aille travailler dans l'autre chambre, dis-le-moi et j'irai.

— Je veux que tu me dises que tu es en colère. Ou que tu m'en veux d'être tombée enceinte. Dis-moi que tu regrettes d'avoir couché avec moi.

— C'est ton cas ?

— Non.

Ivy baissa les yeux, incapable de le regarder. L'échange prenait une tonalité plus grave qu'elle ne l'avait voulu. Il fallait pourtant qu'elle soit fixée.

— J'ai tout le temps la sensation que tu m'en veux, dit-elle, le cœur battant. Je me sens un boulet, coincée ici à réclamer sans arrêt des choses…

— Absolument pas. Je m'inquiète pour toi et j'enrage d'être impuissant, mais je ne regrette rien, dit Jun Li en s'asseyant au bord du lit. Je sais qu'il t'est difficile de te reposer sur moi, mais tu me connais bien maintenant, j'espère. Tu te doutes que j'embaucherais quelqu'un pour aller chercher tes chaussettes si je n'avais pas envie de le faire pour toi.

Ivy pouffa malgré elle. C'était tellement vrai. Oui, elle savait cela à son sujet… mais guère davantage. Voilà ce qui la tracassait, précisément. Elle ignorait tout de ses pensées et de ses sentiments.

— Quel est le vrai problème, hum ? chuchota-t-il en lui caressant le bras. Je vois bien que tu es malheureuse et angoissée. Je ne peux rien y faire. Je ne peux même pas t'en empêcher, ces émotions sont parfaitement justifiées. Je peux seulement être là, pour que tu saches que tu n'es pas seule.

Ces mots… Quel besoin avait-il d'être aussi parfait, bon sang ? Ivy se sentit fondre. Si elle avait eu des doutes sur l'amour que lui inspirait son mari jour après jour, ils venaient de se désintégrer. Un amour d'une telle force qu'il débordait de ses yeux… Elle battit des paupières.

— Tu caches si bien ton jeu, dit-elle tout bas en lui saisissant la main. Je ne suis jamais sûre de ce que tu ressens.

Elle n'osa pas ajouter « pour moi ». La réponse lui faisait trop peur. Il était plus facile d'avoir confiance en elle du temps où elle se sentait une associée au sein de leur couple. Du temps où ses sentiments croissaient tranquillement, au lieu de l'emplir et de déborder. Du temps où elle était capable d'audace…

— As-tu envie de sexe ? demanda-t-elle tout à trac.

— Quoi ? s'écria-t-il en retirant vivement sa main. D'où te vient cette idée ?

— Tu es si nerveux. C'est parce qu'on ne fait plus l'amour, peut-être ? On pourrait devenir créatifs, inventer des positions…

— Toi, tu cherches la bagarre aujourd'hui décidément, se récria Jun Li d'un ton surpris. Tu me crois sérieusement capable de demander à ma femme malade, qui se retient de bouger pour garder notre enfant en vie, de me prodiguer des faveurs sexuelles ? Il y a une douche très pratique dans la maison si j'éprouve le besoin de me soulager.

— Alors je ne suis pour toi qu'un équipement de plomberie ?

— Tu dis des choses horribles maintenant. N'en parlons plus, soupira-t-il en se levant.

— Il faut que je sache ce que tu ressens, Jun Li ! s'exclama Ivy, au bord des larmes. Tu crois que je ne te vois pas te fermer ? C'est ce que tu fais en cette seconde ! Nous étions si heureux quand je t'accompagnais dans tes déplacements. N'est-ce pas ?

— Nous traversons une période difficile et oppressante. Il est normal que nous ne soyons heureux ni l'un ni l'autre.

Encore une non-réponse propre à saper sa confiance dans les sentiments qu'elle lui inspirait. Son cœur se craquelait, lentement mais sûrement.

— Je craignais de t'épouser parce que je pensais que le

bébé était le seul ciment de notre couple, lui rappela-t-elle. Si c'est vrai, que va-t-il se passer si… si…

— Non, trancha Jun Li avec une sévérité qu'elle ne lui connaissait pas. Ivy, arrête ! Chut… Cesse de penser des choses pareilles.

Il se glissa plus loin sur le lit et la prit dans ses bras, l'enveloppant de sa douceur.

— Ne va pas dans cette direction, petite fleur, reprit-il en la serrant fort contre lui. Reste ici avec moi. Nous allons bien, tous, en cette seconde, non ?

Les mains puissantes de Jun Li lui caressèrent le dos, solides, rassurantes, tandis qu'elle bataillait contre les fantômes qui tentaient de lui voler sa foi en l'avenir, en ce rêve d'une famille bientôt réalisé.

— Je suis terrifiée, avoua-t-elle, glacée jusqu'aux os.

— Je sais, dit Jun Li en resserrant son étreinte. Moi, je ne peux pas me le permettre. Je ne peux pas te montrer le moindre doute. Si je me retranche dans ma coquille, c'est parce que je tiens à ce que tu ne voies que de la force en moi et des raisons de croire à un dénouement heureux.

— Oh ! Jun Li…

Bizarrement, elle éprouvait le besoin de le rassurer lui, maintenant. Elle se blottit contre lui, son ventre bien au chaud et en sécurité entre eux. Les caresses sur ses cheveux s'interrompirent un instant avant de reprendre.

Ivy releva la tête pour dévisager son époux.

— Tu recommences…

Abattue, elle s'écarta légèrement pour que son ventre ne le touche plus. Jun Li soupira.

— Je me sens coupable, avoua-t-il enfin non sans réticence. Je ne regrette pas d'avoir couché avec toi, je ne le regretterai jamais. Mais je me sens responsable de ce qui t'arrive aujourd'hui.

— Tu ne devrais pas. Ce n'est la faute de personne.

Elle en avait longuement discuté avec le médecin. C'était le genre de complication qui pouvait arriver à tout le monde.

Il lui tourna le dos, attrapa un mouchoir sur la table de chevet et le lui tendit sans se retourner.

— Je sais, dit-il en se frottant les cuisses, lui tournant toujours le dos. C'est autre chose. Une chose que je t'ai cachée. Je veux t'en parler, mais c'est difficile.

Ivy se figea, le pouls si rapide qu'elle s'inquiéta pour le bébé.

— Quoi ? balbutia-t-elle.

— Je prends des antidépresseurs.

C'était si loin de tout ce qu'elle avait imaginé, divorce, adultère, maladie incurable, qu'elle en resta coite.

— Je ne savais pas, bredouilla-t-elle. Je n'ai pas vu de cachets…

— Je n'ai commencé à en prendre de nouveau que…

Il désigna d'un geste le lit dans lequel elle était clouée.

— Je n'aimais pas l'idée de me soigner en douce, mais je ne voulais pas que tu penses que cela me déprimait de devenir mari et père…

— C'est le cas ?

Il lui fit face, enfin, avant de répondre.

— Un peu, répondit-il. C'est pour ça que je préférais ne pas te le dire. Je ne suis pas sûr de pouvoir éprouver le genre de bonheur que tu as envie que je ressente. En fait, je suis plutôt taillé pour m'inquiéter de ce qui risque de créer du malheur. Une fois lancé, je ne vois rien d'autre. L'obscurité, la pesanteur. Puis, dès que je reprends le contrôle de ma vie, ces ombres se dissipent.

— Mais je suis apparue, et tu n'as pas réussi à contrôler cela, murmura Ivy.

— Exactement. J'ai tenu bon sans médicaments pendant les préparatifs du mariage, j'ai cru que je serais capable de m'en passer aussi pour gérer les débuts de notre vie à deux. Et lorsque cette complication est survenue…

La souffrance se peignit sur le visage de Jun Li. Son

angoisse était si tangible, qu'elle se repentit d'avoir pensé qu'il ne s'investissait pas aussi profondément qu'elle dans cette grossesse.

Il se ressaisit vite.

— Si je prends les cachets, expliqua-t-il, mon inquiétude reste raisonnable. L'obscurité est là, mais sur les bords, elle ne prend pas le dessus. Je me fais peut-être encore un peu trop de souci, ce qui m'amène à tourner en rond parfois, dit-il en lui caressant le bras. Mais en ne les prenant pas, je risquerais une dépression nettement plus grave et je ne serais d'aucune utilité à personne.

Sa main retomba sur sa cuisse. Le mur s'était de nouveau dressé, mais cette fois elle le voyait pour ce qu'il était : un mécanisme de défense. Elle posa la main sur la sienne.

— Et tu savais ce qui se passait parce que… ?

— Parce que cela m'est déjà arrivé.

— À Vancouver, murmura Ivy.

— Oui. C'est pour cela que Kevin est venu habiter avec moi.

— D'accord. Je t'écoute. Dis-moi ce que tu veux, ou ce que tu peux.

Au bout d'un temps, il pressa ses doigts et les retint captifs contre sa cuisse.

— Je vivais seul depuis des années et je n'avais pas vraiment d'amis. Je n'avais pas compris que la dépression rendait la seule idée de socialiser épuisante, parce qu'on se dit que personne n'aura envie de sympathiser avec nous. Un soir, à la sortie des cours, je suis tombé sur un prospectus sur mon pare-brise qui parlait de santé mentale. Le titre était : « Est-ce que vous souffrez de… ? ». Une liste suivait. Je cochais toutes les cases.

Jun Li esquissa un sourire qui n'avait rien de gai.

— Il y avait un numéro à appeler en cas d'urgence et les horaires pour une thérapie de groupe. J'étais là en train de penser que je devrais faire quelque chose, tout en sachant déjà que je ne ferais rien. Symptôme classique… Et puis Kevin est apparu. Il était garé à côté de moi. En me voyant avec ce prospectus dans les mains, il m'a expliqué qu'il tenait l'accueil téléphonique d'urgence, si un jour j'avais besoin de parler. Je n'avais même pas conscience de l'avoir côtoyé dans deux de mes cours, tellement j'étais déconnecté de mon environnement. Alors que je commençais à me sentir vraiment très bête, j'ai remarqué des oreillers et une couverture à l'arrière de sa voiture. Kevin m'a dit qu'il restait tard pour donner un coup de main aux sessions de thérapie de groupe et qu'il avait des cours tôt le lendemain matin, alors il dormait dans sa voiture la moitié de la semaine. Je n'avais jamais invité quiconque chez moi, pourtant je lui ai dit que j'avais une chambre d'amis, si cela le tentait. Il m'a suivi à la maison. Il y est resté deux ans.

— Et il t'a aidé ?

— En effet. En qualité non pas de professionnel, mais d'ami. Il est venu avec moi chez le médecin, il m'a interrogé sur ma vie, il m'a traîné à la plage, il m'a préparé à manger pour que je me nourrisse correctement. Aucun remède miracle là-dedans, mais l'un dans l'autre, j'ai fini par me sentir beaucoup mieux.

Ivy faillit lui demander si la dépression avait été déclenchée par la peur que lui avait causée la grossesse de sa petite amie au lycée. Cela pouvait expliquer son appréhension au moment de tisser un lien avec le bébé. Et avec elle.

« Je ne suis pas sûr de pouvoir éprouver le genre de bonheur que tu as envie que je ressente. »

— Tu n'en as jamais parlé à tes parents, n'est-ce pas ?

— Tu me connais vraiment bien, on dirait, dit-il en lui caressant la joue. Tu as la peau si douce… Chaque jour, à chaque minute, j'ai envie de poser mes lèvres quelque part sur ton corps. Envie de t'embrasser et de te faire l'amour. Oui, tout cela me manque, petite fleur. Seulement vois-tu, ces cachets ont des effets secondaires. Insomnie, brûlures d'estomac, tension musculaire, sécheresse oculaire. Et dysfonction érectile. C'est pour cela aussi que je repoussais le moment de les prendre.

— Oh. Alors tu ne peux pas… ?

— Si. Mais ce n'est pas aussi… Nous en reparlerons quand le sujet sera d'actualité, dit-il, évacuant la question d'un geste. La plupart de ces effets se calmeront au bout d'un moment. Nos vies aussi, avec un peu de chance. Alors je pourrai diminuer la dose, et mes petits problèmes seront oubliés.

Ils n'étaient pas si petits, ces problèmes, mais pas non plus aussi graves qu'elle l'avait craint.

— Merci de m'avoir parlé, Jun Li. Cela m'aide de savoir ce que tu es en train de vivre. Je suis désolée d'avoir insisté pour que tu partages des choses aussi intimes.

— Tu es ma femme. Te cacher cela me chagrinait. Je ne veux pas de secrets entre nous.

Il se pencha pour l'embrasser. Ce fut un baiser doux et tendre qui fit se lever un petit soleil en elle. Une aurore d'été. Elle éprouva soudain le besoin de le lui dire. Elle en avait envie depuis si longtemps. Ne venait-il pas de lui confier la partie de son être la plus vulnérable ?

— Je t'aime, dit-elle.

Une lueur traversa le regard de Jun Li avant que son visage ne se ferme.

— Peu importe que tu ne me dises rien en retour, ajouta-t-elle, la mort dans l'âme. Je ne pouvais plus le garder pour moi.

— Ivy, dit-il d'une voix tremblante.

Il posa la main sur sa gorge, où son pouls battait sûrement assez fort pour l'inquiéter. Elle s'en saisit et la porta à ses lèvres.

— Sincèrement, il n'y a pas de problème. J'avais juste besoin que tu saches. Pas de secrets, lui rappela-t-elle avec un sourire hésitant.

Il ne lui retourna pas ce sourire. Sa mine était sombre.

— Je ne sais pas si je suis capable de te donner cet amour-là.

— Je comprends.

Un silence tomba entre eux. Il aurait peut-être duré une éternité si le majordome n'avait surgi à cet instant pour annoncer l'arrivée de la sage-femme que Jun Li partit aussitôt accueillir.

11.

« Je me demande si ce bébé n'est pas le seul ciment de notre couple. »

Tous les cachets du monde n'auraient pas suffi pour étouffer les mots d'Ivy qui tournaient en boucle dans la tête de Jun Li, des mots si fragiles…

« Je t'aime. Je ne pouvais plus le garder pour moi. »

Quelle leçon d'humilité ! Non seulement sa femme avait tu les sentiments qu'elle éprouvait pour lui depuis un moment, mais chaque jour elle forçait son admiration en prenant à cœur la moindre suggestion du médecin ou de la sage-femme. Elle acceptait le traitement de l'acupuncteur de sa belle-mère et avalait des potions chinoises dès que le spécialiste avait donné son accord. Elle bataillait tranquillement de toutes ses forces pour offrir les meilleures chances à leur bébé…

Cela, parce qu'elle redoutait que ce bébé soit l'unique ciment de leur couple.

Ce n'était pas vrai du tout, mais sa fichue cervelle persistant à lui présenter les horreurs qu'il n'avait pas voulu entendre de la bouche d'Ivy, il se voyait déjà dévasté, anéanti, pour peu que le bébé ne survive pas. Elle aussi. Et il n'avait aucun moyen de la préserver de cette souffrance-là. La menace planait, le renvoyant en permanence à ses démons, et bien sûr il gardait tout cela pour lui pour éviter d'effrayer Ivy. Les cachets n'avaient pas tous les pouvoirs. Il aurait eu besoin d'un sédatif puissant, propre à terrasser un taureau récalcitrant.

Quelque part toutefois, la résignation d'Ivy face à ses

limites côté cœur minait lentement mais sûrement ses efforts pour étouffer ses émotions. Il ne pouvait s'empêcher de se demander s'il ne combattait pas sur deux fronts différents. Peut-être s'acharnait-il encore à se protéger, après ce fiasco à l'adolescence, la toute première fois où il avait naïvement offert son cœur.

Des années durant, il avait mentalement regroupé les péripéties canadiennes en un seul cauchemar soigneusement relégué dans l'oubli. À quoi bon disséquer les divers événements de ces années-là sous prétexte de trier blessures et cicatrices ? Cela ne pouvait que faire resurgir du néant toutes les douleurs réprimées.

Toutefois, une action concrète s'imposait pour montrer à Ivy qu'il tenait à elle plus qu'il ne savait l'exprimer.

Ce qui l'avait amené à rendre visite à ses parents dans leur villa du Bund aujourd'hui.

Son père s'étonna de le trouver dans le bureau la plupart du temps inutilisé, même s'il était dépoussiéré tous les jours.

— Ivy ? s'enquit-il, inquiet.

— Elle va aussi bien que possible. Sa tension est remontée la semaine dernière, ils lui ont donné un médicament pour aider les poumons du bébé à se développer. Nous espérons qu'elle tiendra jusqu'à trente-six semaines révolues, mais le travail devra sans doute être déclenché avant.

Son père hocha la tête. Sur ces entrefaites le thé leur fut servi. Ils s'installèrent dans des fauteuils confortables pour siroter dans le calme un moment.

— Tu voulais discuter d'une restructuration de la compagnie, n'est-ce pas ? dit enfin son père.

— En effet.

Le seul fait d'aborder ce sujet lui donnait le sentiment pénible de se montrer déloyal et ingrat, mais en pensant à l'avenir Jun Li voyait d'abord Ivy et leur enfant, et non la compagnie.

— Je souhaite annuler l'expansion. Et vendre tout, hors l'essentiel, la division infrastructure.

Son père haussa les sourcils, se tut un moment puis porta la tasse à ses lèvres pour boire une gorgée.

— Sans cela, reprit Jun Li, nous allons droit à l'échec. Je vais droit à l'échec.

Il se leva et se mit à faire les cent pas dans la pièce.

— C'est très agaçant pour moi de reconnaître que je ne peux pas tout faire. J'ai conscience que tu as construit et dirigé cet empire avec femme et enfant à soutenir, mais je sais déjà qu'il y aura des souffrances si je ne réduis pas la voilure. Ivy et l'enfant en pâtiront. J'ai été obligé de déléguer beaucoup lorsqu'elle était si malade, mais ce n'est pas tenable sur le long terme. L'expansion serait une fierté, un accomplissement, mais je ne peux pas m'empêcher de me demander : jusqu'où ? Où est la limite ? En quoi apporte-t-elle davantage de sécurité que ce que nous avons déjà ? N'est-ce pas plus prudent de faire moins mais bien, plutôt que beaucoup et mal ?

L'estomac noué, Jun Li fixa par la fenêtre le Huangpu en attendant la réaction paternelle. Son père n'était pas du genre à parler sans avoir pesé ses mots.

Plusieurs minutes s'écoulèrent.

— Tu sembles me créditer de la construction d'un empire à moi tout seul, dit enfin son père. Mais j'avais ta mère à mes côtés. J'avais tes tantes, tes oncles. Je t'avais, toi. Aurions-nous aujourd'hui des investissements au Canada si tu n'avais pas été sur place pour t'en occuper ? Tu es un entrepreneur de premier ordre, Jun Li. Ambitieux, compétent. Je suis très fier de la manière dont tu as repris le flambeau, mais je n'ai jamais géré tout cela seul comme tu le fais. J'ai approuvé l'expansion parce que c'était ton souhait. Je te soutiendrai toujours. Tu es mon fils.

La gorge de Jun Li se serra. Son père soutenait sa décision, c'était un vrai soulagement, mais il fut surtout sensible aux sentiments affleurant dans son discours. Dans leur famille, le mot « amour » n'était jamais prononcé ouvertement, mais ce « tu es mon fils » dans la bouche de son père était un « je t'aime » implicite. Jun Li l'entendit aussi clairement qu'un gong résonnant à ses oreilles.

L'espace de quelques secondes, il songea au nombre de fois où il avait dit la même chose à Ivy. « Tu es ma femme. » C'était un autre genre d'amour que celui que lui témoignait son père, mais voilà ce que c'était... Un amour profond, durable.

— Un rôle prééminent ne déplairait pas à ta cousine, dit son père d'un ton songeur. Plutôt que de vendre ces divisions, si tu les regroupais sous un autre statut en lui en cédant la présidence ? Ainsi elles resteraient tout au moins dans la famille.

— Bonne idée, commenta Jun Li en revenant s'asseoir.

Ce projet avait un potentiel très séduisant. Ils en discutèrent un moment, puis il appela Ivy.

— J'aimerais faire un saut à Pékin pour aller voir ma cousine. Pourras-tu te débrouiller sans moi quelques heures de plus ?

Un instant, Ivy fut incapable d'articuler un mot. Le téléphone tremblait dans sa main.

— Tu pleures, dit Jun Li d'une voix radoucie. Je rentre immédiatement.

— Non. Je viens de parler avec papa...

— Tu as le mal du pays ? Lui as-tu demandé de venir ? Je peux organiser le voyage.

— Il va contacter mon assistante.

Elle n'avait pas le mal du pays. Et c'était bien le problème. Son pays était là où se trouvait son mari. Jun Li était devenu son univers.

Elle n'était donc pas devenue la femme qu'elle aspirait à être à l'époque où elle l'avait rencontré. Un bref moment, elle s'était sentie indépendante et capable de s'épanouir en toute autonomie, sans s'appuyer sur quiconque. Elle s'était alors promis de ne pas craquer pour un homme qui ne l'aimerait pas. Voilà qu'elle avait trahi sa promesse. Elle s'en désolait maintenant, quand bien même c'était une source de joie profonde.

Le pire était que Jun Li, attentionné et respectueux comme il l'était, méritait son amour. Il suffisait qu'elle tende la main de son côté la nuit pour qu'il s'en saisisse et la porte à ses lèvres sans un mot, lui confirmant par là qu'elle n'était pas seule dans le noir…

Elle essayait de comprendre à quel point il avait dû se sentir seul à l'époque, souffrant en silence dans ce pays étranger des années durant, surtout après avoir essuyé une trahison aussi jeune. Elle ne voulait pas insister pour qu'il éprouve des sentiments qui ne lui venaient pas naturellement, mais comment nier qu'elle souffrait en cette seconde ?

Elle avait besoin d'un peu de temps pour se ressaisir avant qu'il ne rentre à la maison.

— Tout va bien, assura-t-elle. Je regrette juste que l'aspirine ne soit pas plus efficace contre mon mal de tête. La sage-femme ne va pas tarder, je lui demanderai si je peux prendre autre chose. Ensuite je m'offrirai une sieste et je ne remarquerai même pas que tu n'es pas encore là.

— D'accord. Tiens-moi au courant s'il y a du changement.

— Sans faute.

— Ivy…

— Oui ?

Il y eut un long silence. Ivy entendait son propre cœur battre à son oreille.

— Je te parlerai à mon retour, reprit-il d'une voix changée, tendre et ferme à la fois, qui se logea droit dans son cœur. Je serai là avant l'heure du coucher.

— C'est censé être drôle ? répliqua Ivy en affectant l'indignation.

Il y eut un petit rire à l'autre bout de la ligne, puis le silence retomba, témoin de la distance qui les séparait. Elle eut très envie de le supplier de rentrer. Non parce qu'elle se sentait inquiète, seule, ou faible, même si c'était la vérité. Elle voulait juste être avec son mari. Elle avait besoin de lui…

Ne sois pas cette femme-là, se morigéna-t-elle.

— La sage-femme arrive, dit-elle en voyant entrer le majordome. Prends soin de toi. Je t'aime.

— À très vite, dit Jun Li.

Moi aussi. Voilà ce qu'il fallait répondre, songea Jun Li en raccrochant. *Je t'aime moi aussi*.

Son cœur était comme gonflé à l'hélium. Mille mots s'étaient bousculés dans sa gorge sans qu'aucun ne rende justice à l'intensité de ce qu'il était en train de vivre. Il les avait tous ravalés, à défaut de trouver le terme adéquat. Sans doute n'était-il pas le plus romantique des hommes, mais au moment d'ouvrir son cœur devant son épouse pour la toute première fois, il lui semblait préférable de le faire en personne.

La lueur douce instillée par la voix d'Ivy lui tint chaud pour la suite de sa journée. Quatre heures plus tard, il serrait la main de sa cousine qui arborait un grand sourire, tout excitée à la perspective de ses nouvelles responsabilités. Il aurait sans doute dû la mettre en garde, l'inciter à la modération, mais il se sentait trop léger pour cela, et plus optimiste qu'il ne l'avait jamais été.

Il soupesait la meilleure façon de le dire à Ivy. Difficile de prétendre qu'il avait fait cela entièrement pour elle. C'était pour lui, pour sa santé mentale, et aussi pour eux, sa famille naissante…

Au fond de lui, il espérait qu'elle verrait cela comme le coup d'éclat d'un homme soucieux de démontrer la profondeur de ses sentiments à la femme de sa vie. Il voulait qu'elle sache qu'elle était sa priorité, qu'elle était tout pour lui.

Il prit congé de sa cousine et se tourna vers la porte. Son

assistant revenait en courant après avoir commandé l'hélicoptère, le visage tout pâle. Il brandit le téléphone.

— Monsieur. Un message au sujet de votre femme. Elle a eu des convulsions. L'ambulance est en route.

12.

— C'est arrivé tout d'un coup, lui expliqua la sage-femme en l'escortant vers le service néonatalogie. Je lui ai posé le doppler dans l'après-midi et je suis revenue quelques heures plus tard lire le résultat. Le bébé n'était pas en détresse, mais sa tension à elle était trop élevée. Je lui ai dit qu'il valait mieux nous rendre à la clinique, par sécurité. Elle a voulu vous appeler, mais avant même d'avoir attrapé le téléphone… Grâce à Dieu elle était sur le lit, elle n'est pas tombée. Ils ont pratiqué une césarienne, tout s'est bien passé. Elle est en unité de soins intensifs. Votre fils se porte à merveille.

Ils traversèrent une nurserie où la plupart des bébés reposaient dans des berceaux transparents jusqu'à un box à l'écart et un petit être minuscule aux cheveux noirs vêtu d'une simple couche bien à l'abri dans une couveuse.

— Il respire seul, mais on lui donne un peu d'oxygène par précaution. Comme il n'a pas beaucoup de graisse on le maintient au chaud. Ces fils, là, sont des moniteurs, par précaution toujours. Aimeriez-vous le toucher ?

En se lavant les mains, Jun Li se sentait glacé après ce vol retour sous le signe de l'angoisse absolue, et surtout coupé en deux. Mentalement, il courait dans les couloirs en quête d'Ivy. Il avait frôlé la crise cardiaque en apprenant qu'elle avait convulsé et ne retrouverait une respiration normale qu'après l'avoir vue de ses yeux et s'être assuré qu'elle allait bien.

L'autre moitié de lui était ici, en train d'absorber un miracle qui faisait monter des larmes de gratitude dans ses yeux.

Comment avait-il pu avoir peur de devenir père ? Il savait exactement ce qu'il devait faire : rassurer son fils, lui montrer qu'il était là et bien là, et que tout irait bien.

Sa main tremblait en se glissant dans l'étroite ouverture. Elle semblait un peu ridicule, cette grosse patte de géant qui venait se poser avec une délicatesse insigne sur le ventre nu et tout chaud de son fils, attentive à ne pas déloger le bout de cordon dépassant du nombril. La peau fine, toute neuve, était encore plus douce que la joue d'Ivy…

Au contact de ses doigts, les bras et jambes du bébé se replièrent comme une fleur autour de sa main. Simple réflexe, Jun Li le savait, quelque part dans son cerveau rationnel. Mais dans son cœur, c'était un enfant qui réclamait d'être en sécurité dans les bras de son parent.

Je suis là. Je serai toujours là pour te protéger, promit-il en silence.

Jun Li posa son bras libre sur la couveuse et contempla son fils, le front sur son poignet, le nez contre le verre. Il avait la bouche d'Ivy – comme si ce tout petit ventre qui montait et descendait sous sa paume ne suffisait pas pour apposer sa marque dans son cœur.

Ce bébé n'aurait même jamais dû exister. Les forces qui s'étaient réunies pour le fabriquer étaient autant de hasards improbables. Et pourtant il était là. Reconnaissance éternelle envers le dieu bienveillant qui lui avait fait ce cadeau, songea Jun Li. Ce lien qui avait attiré la vie d'Ivy dans la sienne, les joignant à jamais.

— Est-ce qu'il a un prénom ? demanda la sage-femme d'une voix douce.

Il en avait discuté avec Ivy, mais pas question de prendre cette décision sans elle.

Je dois aller trouver ta maman. À tout à l'heure ! Je t'aime.

Jun Li retira sa main, laissant un morceau de son cœur dans la couveuse, et se redressa.

— Il faut que je voie ma femme d'abord.

Petite fleur. Mon cœur, mon soleil, mon âme. Reviens-moi. Tu sais que j'ai besoin de toi.

Ivy souriait dans son sommeil. Elle n'avait aucune envie de se réveiller, car dans son rêve Jun Li prononçait enfin les mots qu'elle attendait depuis si longtemps.

Le destin nous a réunis, Ivy. La vie... Ce n'est pas le moment de dormir.

— Je sais que tu m'entends, tu souris ! Veux-tu voir notre fils ? Ouvre les yeux.

Elle sentit qu'on lui soulevait la main. Ce geste acheva de l'extraire de la gangue de son sommeil profond et l'obligea à soulever ses paupières lourdes.

Jun Li lui baisait le dos de la main. Son visage rayonnait d'une émotion, d'un amour si grand, que des larmes brouillèrent aussitôt sa vision.

— Voudrais-tu cesser de me causer des peurs bleues ? Je perds des années de vie chaque fois, et j'aimerais passer un maximum de temps avec soin, dit-il en souriant.

— Est-ce que…

Elle amena sa main libre sur son ventre vide et découvrit qu'elle portait une perfusion sur cette main-là. Elle était à la clinique.

— Tu as dit « notre fils » ?

— Oui. Il est petit mais plein de force et d'ardeur, et très beau. Un doux guerrier, comme sa mère. Sais-tu combien je t'aime, Ivy ?

— Non…

Ou plutôt si, après réflexion. L'amour illuminait le regard de Jun Li. Il entra en elle tel un feu follet qui alluma lumière et joie dans tout son être, lui donnant le sentiment d'être spéciale et toute précieuse. Elle eut envie de fermer les yeux. C'était presque trop à supporter, d'être aimée aussi fort par cet homme.

— J'aurais dû être ici, murmura-t-il.

— Tu es là maintenant, répliqua-t-elle, la gorgée nouée par l'émotion.

— Je serai davantage présent à l'avenir.

Il lui lâcha la main pour abaisser le rail sur le côté du lit et percha une fesse sur le matelas avant de lui reprendre la main.

— En partant voir mon père, je pensais sans arrêt à tout ce que tu faisais pour moi. Tous ces efforts pour mener notre bébé à terme, quoi qu'il t'en coûte... Comment pouvais-je te rendre la pareille ?

— Qu'as-tu fait ? demanda-t-elle un peu inquiète.

— Rien de spectaculaire. J'ai annulé l'expansion dans l'aéronautique et restructuré la compagnie de façon à céder à ma cousine une grande partie de mes responsabilités.

— Trois fois rien, en effet, commenta Ivy avec un rire nerveux.

— Je voulais que tu saches combien vous êtes importants pour moi, toi et le petit. Je mettrai longtemps à me pardonner d'avoir été absent au mauvais moment.

— Je n'en ai aucun souvenir, dit Ivy. Et puis tu n'aurais rien pu faire. C'est d'un médecin dont j'avais besoin.

Elle palpa doucement son ventre à travers les bandages tout en essayant d'absorber les paroles de Jun Li. La tête lui tourna.

— Mais... Je n'ai pas besoin de coups d'éclat pareils, Jun Li. Je veux dire... Je suis ravie que tu passes davantage de temps avec nous, mais les mots suffisent. Je sais que tu ne les prononcerais pas s'ils n'étaient pas vrais.

— Ils le sont. Mais ils ne suffisent pas. Cet amour est un sentiment si nouveau et si complexe pour moi que j'ai dû batailler pour analyser ce qui m'arrivait.

Il lui caressa la joue du bout des doigts.

— Ces dernières heures... L'idée de te perdre m'était absolument insupportable, Ivy. Je t'aime de tout mon cœur.

Là-dessus, il se pencha pour sceller cette déclaration d'un baiser qui avait un goût de bénédiction.

— Je t'aime aussi, dit Ivy lorsqu'il se redressa.

Elle posa la paume sur sa joue rêche. Il avait les yeux rouges et creusés, la manque de sommeil, visiblement, et des sillons d'angoisse près de la bouche. Malgré tout cela, il était encore d'une beauté renversante.

— Je t'embrasserais volontiers jusqu'à la fin des temps, mais… Pourrais-je voir notre fils d'abord ?

Six semaines plus tard, Ivy s'apprêtait à se lever pour emmener Li Qiang dans son lit, lorsque Jun Li pénétra dans la chambre plongée dans l'obscurité.

— Tu es de retour !

Elle ne l'attendait pas avant le lendemain après-midi.

— Nous avons fini tôt, chuchota-t-il tout en lui volant Li Qiang. Et vous me manquiez tous les deux…

Il embrassa le bébé.

— Tu allais le coucher ? Je m'en charge.

Ivy se blottit sous le drap, tout ensommeillée à minuit passé, mais l'oreille tendue néanmoins vers le *babyphone* pour écouter Jun Li discuter avec la nounou et coucher leur fils en le couvrant de mots doux.

À son retour, il retira cravate et chemise et acheva de se déshabiller en laissant tomber ses habits sur le sol à mesure. Il était parti trois jours à Pékin, pour finaliser la restructuration.

Ivy était restée à la maison car elle avait un rendez-vous médical et un million d'autres choses à faire pour s'organiser. Ils s'étaient appelés tous les jours, essentiellement pour parler de Li Qiang et des détails du voyage et du déménagement imminents. La cousine de Jun Li prenant les rênes de l'essentiel des opérations basées ici à Shanghai, ils iraient passer Noël chez son père à elle, qui avait reporté son mariage afin qu'elle puisse y assister. De là, ils déménageraient à Singapour. Jun Li serait ainsi plus près du chantier du port et de divers autres projets qu'il comptait superviser dans les années à venir.

Ivy avait accepté de présider le comité chargé d'organiser

le séminaire annuel de planification stratégique. C'était une bonne façon d'en apprendre davantage sur la compagnie et d'entrevoir la place où elle lui serait la plus utile un jour. Elle avait aussi joint quelques contacts pour leur demander s'ils avaient un travail qu'elle pourrait accomplir à temps partiel. Elle n'était pas pressée de reprendre, surtout à plein temps, mais tenait à garder la main.

Jun Li souleva drap et couverture et se glissa en dessous pour l'attirer contre son corps nu.

— Oh ! dit-elle, déçue.

— Je veux juste un baiser, dit Jun Li en s'écartant.

Ils avaient un peu fait les fous ces derniers temps, mais n'avaient plus fait l'amour depuis qu'on lui avait ordonné de garder le lit, trois mois plus tôt.

— Non, euh… J'ai acheté une petite chose. J'aurais dû l'enfiler pensant que tu couchais Li Qiang… Je ne m'étais pas rendu compte de ce que je portais.

— Une petite chose ? répéta Jun Li.

— Oui, plus jolie que cette chemise de nuit d'allaitement avec soutien-gorge assorti, soupira Ivy. Je l'enfilerai à notre arrivée à Vancouver, pour voir si je peux améliorer ton jugement sur ma ville natale.

Elle pinça doucement son ventre plat. Il lui saisit la main.

— Décris-la. Et je veux des détails, dit-il en éraflant sa paume de la pointe des dents.

— Je devrais commencer par le prix, absolument scandaleux au vu du bout de tissu minimaliste avec lequel je suis repartie.

— La simplicité est un plus, tout le monde sait cela. Dépense approuvée. Continue…

— Il n'y a pas de porte-jarretelles. J'espère que tu t'en remettras. J'ai pris des bas qui tiennent seuls pour pouvoir les garder sur moi… Hum…

Il roulait sur elle tout en couvrant sa bouche de baisers.

Oh ! C'était bon de sentir son poids, sa peau, sa dureté.

Elle griffa ses fesses d'un doigt léger. Il grogna et lui mordilla le menton.

— Quelle couleur ? demanda-t-il, les lèvres sur sa gorge.

— Violet. Je me suis trompée de taille, les bonnets sont trop petits.

— Une erreur compréhensible, commenta-t-il en massant doucement un sein à travers les couches de coton qu'elle portait. Tu es pardonnée.

— La culotte se limite à une feuille de vigne accrochée à un fil de satin.

— Plutôt faite pour pendre à tes poignets, donc ?

Il lui prit les mains et les glissa sous l'oreiller.

Un frisson d'excitation brûlant courut sur son ventre.

— Dis-moi qu'il y a des mules assorties avec des talons de dix centimètres et des plumes dessus.

— J'en achèterai, assura-t-elle. Il y a juste une nuisette très, très courte pour aller avec.

— Bien, parce que celle-ci est trop longue et doit disparaître, dit-il en refermant la main dessus pour la lui retirer.

Elle se trémoussa pour l'aider et se débarrassa elle-même de ses derniers sous-vêtements en coton pendant qu'il la jetait au hasard derrière lui.

— Il y a encore une chose dont nous devons discuter, dit-elle alors que leurs corps nus se frottaient avec délices l'un contre l'autre.

— Si tu me dis qu'il y a aussi des gants longs jusqu'aux coudes, il se peut que je n'arrive pas à finir ce que nous venons de commencer. Tout ceci m'a manqué à un point… Tu n'as pas idée, petite fleur.

Oh ! que si. Elle en avait même une idée très précise. Ivy sourit dans le noir, ouvrit les jambes pour qu'il se niche entre et noua les bras autour de son cou.

— J'ai pris une décision sans toi, annonça-t-elle. J'ai demandé au médecin un stérilet. Je sais que tu as parlé de subir une autre vasectomie pour ne pas m'infliger une autre grossesse, mais je ne veux pas fermer la porte à un second bébé. Pas encore.

— Ton corps, ton choix, dit-il aussitôt avant de l'embrasser. Je n'étais pas prêt non plus à la fermer, cette porte. Merci de l'avoir ouverte pour nous deux.

— Pour autant qu'on sache, elle est grande ouverte, répliqua Ivy en verrouillant les jambes autour de sa taille. La contraception marche-t-elle seulement pour nous ?

— Nous verrons bien, je crois.

— Oui. Nous verrons bien.

Épilogue

— S'il te plaît, maman ?

Li Qiang posa la main sur son genou et inclina la tête d'un air implorant.

— Je veux vraiment une soirée pyjama.

Il venait d'apprendre le mot et fendait à son insu le cœur de ses parents en exprimant avec tant de force et de sincérité la volonté de passer une nuit loin d'eux.

— Je crois que nous allons jouer jusqu'à l'heure du dodo, et nous retournerons ensuite à notre hôtel, dit Ivy en lui caressant les cheveux pour atténuer le coup. Vous avez le temps de finir le puzzle, Mimi et toi.

Elle désigna le puzzle géant étalé sur le sol que Li Qiang était en train d'assembler avec la fille de Kevin et Carla.

Conçue pendant le voyage de noces du couple, Mimi avait à peine quelques mois de moins que Li Qiang. Ces deux-là s'entendaient à merveille.

— Pourquoi ? protesta-t-il en tournant vers son père des yeux suppliants. *Baba*, s'il te plaît ?

« Pourquoi » était son mot favori ces jours-ci. Mais une autre raison amena un sourire sur les lèvres de Carla et Kevin. Li Qiang avait passé trois années entières à pointer du doigt en marmonnant, avec juste une poignée de mots à son actif. Chez les prématurés les retards étaient fréquents, mais d'après l'orthophoniste les langues se mélangeaient aussi un peu dans sa tête. Au début, Ivy et Jun Li avaient décidé que sa mère lui lirait des livres en anglais et son père en mandarin, et qu'ils utiliseraient exclusivement le mandarin pour les échanges courants, jusqu'au jour où il avait commencé à parler. Ivy avait choisi un livre en mandarin. Li Qiang avait alors déclaré, en anglais et d'une voix distincte : « C'est le livre de *baba*. Je veux *Bonsoir Lune*. »

Depuis ce jour-là, il parlait sans arrêt. Le plus drôle était qu'il parlait à Ivy en anglais et à Jun Li en mandarin. Et son grand-père maternel l'accueillant toujours en cantonais lors de leurs échanges sur tablette, cette langue était devenue leur petit secret. Cela amusait beaucoup Kevin, qui avait tenté de troubler Li Qiang en lui jetant en pâture le peu de hokkien qu'il connaissait. La plaisanterie s'était retournée contre lui : le hokkien était le dialecte natal de sa nounou, et Li Qiang en savait plus que lui.

— Viens là, dit Jun Li en attirant son fils sur ses genoux. Que se passera-t-il si tu as besoin de nous en pleine nuit ?

Il se tourna vers les adultes présents.

— Entre nous, je n'ai jamais compris l'obsession des Américains pour les soirées pyjama.

Kevin partit d'un grand rire.

— C'est un peu fort, venant de quelqu'un qui m'a accueilli deux ans chez lui !

— C'était chez toi aussi, rectifia Jun Li en fronçant légèrement les sourcils. Nous étions colocataires.

— Eh bien, ma maison est ta maison, et nous aurons toujours un lit pour toi ici. Vous pouvez tous rester dormir. Qu'en pensez-vous ? demanda Kevin. Nous pourrions faire un devoir de maths, comme au bon vieux temps.

— Tentant, répliqua Jun Li avec un sourire en coin avant de regarder Ivy.

— Les enfants jouent si tranquillement, fit-elle remarquer.

Jun Li remit Li Qiang sur ses pieds et déclara :

— Soirée pyjama pour tout le monde alors !

Les deux amis se replongèrent aussitôt dans leur puzzle, ivres d'excitation.

— Le charme des soirées pyjama, expliqua Kevin comme s'il s'adressait à un simple d'esprit, est que tu te sors ton enfant des pattes pour une nuit, le temps d'en faire un autre.

— D'accord, j'en tiendrai compte, dit Jun Li tandis qu'Ivy baissait les yeux sur son soda au citron.

Ils avaient une longueur d'avance en la matière. Un mois plus tôt, après une longue discussion, elle s'était fait retirer son stérilet. Elle était tombée enceinte ridiculement vite. Avec un peu de chance il n'y aurait pas de complications cette fois, mais ils s'organisaient déjà en vue d'une éventuelle mise au repos complet et attaquaient dès maintenant la tournée de leurs amis à l'étranger.

Quelques heures plus tard, alors qu'elle était blottie de dos contre son époux, délicieusement repue après l'amour, Ivy sentit une tension chez lui laissant présager une nuit compliquée.

— Il est de l'autre côté du couloir, murmura-t-elle. Va le voir, si cela peut te rassurer.

— Je veux juste l'entendre s'il appelle.

À cet instant précis, ils entendirent des petits pas approcher derrière la porte. Le verrou tremblota.

— *Mama* ?

Jun Li jaillit du lit tel un diable de sa boîte et enfila son boxer pendant qu'elle se redressait pour passer sa chemise de nuit. Il déverrouilla la porte et prit Li Qiang dans ses bras.

— Qu'est-ce qui se passe ? Un cauchemar ?

— Tu me manques. Maman aussi.

— Vraiment ? C'est une chance que nous soyons là, alors.

Il referma la porte et se recoucha avec leur fils dans les bras.

— Tes pieds sont gelés. Ça te manque de les mettre sur moi, je parie ?

Il s'ensuivit quelques minutes de chahut rigolard pendant que chacun tentait de se faire une place confortable.

Puis Jun Li tendit la main au-dessus du petit pour la poser sur la hanche d'Ivy.

— Maintenant, je peux dormir, dit-il en bâillant.

Ivy sourit dans l'obscurité.

— Je t'aime, tu sais.

— Je t'aime, moi aussi.

— Et moi ? dit Li Qiang.

— Et toi aussi.

La vie n'était pas parfaite. Elle le savait aussi bien que Jun Li. Il avait arrêté les cachets, mais il en aurait peut-être de nouveau besoin un jour. Sa grossesse pouvait se révéler difficile et n'importe lequel de leurs parents pouvait tomber malade du jour au lendemain.

Voilà pourquoi ils étaient tombés d'accord pour cueillir et chérir le moindre moment aussi parfait que celui-ci.

— Merci pour ce que nous avons, dit-elle, cherchant son visage à tâtons pour lui caresser la joue. Je suis vraiment heureuse ici et maintenant.

— Moi aussi, petite fleur, dit Jun Li en baisant la saignée de son poignet. Moi aussi.